TO

チーム解消を希望します！
～特異事案捜査係の怪異事件簿～

蓮水涼

目次

人物紹介

なんだこいつ

こわい……

瀬ヶ崎怜（せがさきれい）
〝特案〟の事件捜査に
協力する人物。
妖が見え、霊力が強い。
大学一年生。

桜庭絢斗（さくらばあやと）
〝特案〟の刑事。
妖が見える体質。
実は妖狐との半妖だが、
その事実は隠している。

警視庁の地下駐車場は、コンクリート壁に囲まれており、妙な圧迫感と薄暗さがある。

加えて車内ともなれば、息苦しさを覚えるのは仕方のないものなのだろうか。

絢斗（あやと）は、たった今相棒に告げられた言葉を、うまく咀嚼できずにいた。

これから事件の捜査へ向かおうというところで、なんならチームになって初日。

助手席で呑気にスマホをいじっている男の横顔を、絢斗は困惑げに見つめる。

薄桃色のカラーサングラスの奥、何を考えているのかわからない琥珀の瞳が恐ろしい。

絢斗はもう一度聞き返すべきかどうか、しばし悩んだ。

いくら彼が傍若無人な問題児と有名でも、まさか出会って間もない相手にあんな発言をするだろうか。一般常識的にありえない。

けれど、「冗談だよね？」と返すことも、万が一「本気だ」と答えられることを避けてできなかった。

絢斗の眼差しに気づいた彼が、こちらを見て不敵に口角を上げる。

やはり聞き間違いではないようだ。

その形のいい唇で、彼は確かにこう言った。


『——俺がおまえを、殺しちゃうかもって話？』

第一章　恋する縊鬼

その日の桜庭絢斗の予定は、金曜日であることも踏まえて、なんとしても定時の二十二時十五分に帰宅することだった。

就職のために上京して丸四年。いつのまにか月日は流れ、五年目の今年。最初は交番勤務だった絢斗は、所轄の生活安全課を経て、今では本庁の刑事として働いている。

絢斗が刑事部捜査第一課特異事案捜査係――通称〝特案〟に配属になったのは、ほんの半年くらい前のことだ。田舎の寒村出身である絢斗にとって、東京という大都市の事件の多さに辟易しつつもやっと慣れてきた、そんな頃のこと。

ある意味で天職なのだろうと、この特殊な係への内示を受けた際に感じたのを思い出す。

というのも、特案は人ならざるモノ――妖や幽霊――が関わる事件を捜査する、非公式の部署だからだ。視えなくてもそういった存在に抵抗のない警察官、または視ることのできる警察官が配属され、民間人の〝協力者〟と共に事件を解決するのが仕事である。

絢斗は視える体質だった。けれど隠していた体質だったゆえに、いったいどこで、いつバレたのか、いまだにその答えは聞き出せていない。

カチ、と時計の針が動く。

定時の一分前だ。絢斗はフライングを恐れずに帰宅準備を始めた。

いつもはこんなズルとも言えるような真似はしないけれど、今日はフライングよりも怖いものがこれからここに来てしまう。だからなんとしても定時で帰ると決めていた。

カチ。時計の長針が再び動く。定時だ。

自席に座る上司の伊達千秋警部の許に素早く向かうと、絢斗は早口で告げた。

「係長、お先に失礼します。お疲れ様でした」

「おう、お疲れ～」

夕方ヒゲを生やした伊達が鷹揚に応える。伊達は少しうねりのある長めの黒髪を後ろで一つに束ねており、見た目は渋い男前だが、よれよれのシャツからはだらしない印象を受ける男だ。そのせいか、年は三十七歳だというのに、四十代に見えなくもない。

自分とは真逆だなと、この上司に初めて会ったとき絢斗は思ったものである。

実年齢より老けて見える伊達と違って、絢斗はよく若く見られる。ありていに言って童顔なのだが、これは職業上あまり嬉しい評価ではない。相手に舐められるからだ。

しかも絢斗はなかなか筋肉のつかない体質で、どれだけ筋トレに励んでもひょろい体型から抜け出せない。べっとりとした黒髪と黒い目も、童顔に拍車をかけている。

自分と伊達を足して二で割ったらちょうどいいのかなと、もう何度も思ったことを脳内で考えながら絢斗は最後に一礼した。

そしてさっさと立ち去ろうと右足を引いたとき。

「――あ。お疲れじゃないわ、ごめん。桜庭に話があるの忘れてた」

伊達からまさかの帰宅ストップをかけられて、絢斗の心にじんわりと焦燥が滲む。

伊達が業務時間外に話を振ってくるなんて、緊急時以外ではほとんどない。だからこそ嫌な予感がした。

普段の絢斗なら、縦社会の警察組織において上司に逆らうなど論外とばかりに唯々諾々と従う。

でも、今日はだめだ。今日だけはよろしくない。

なぜなら、先輩刑事からこれからここに来るとの情報提供を受けた一人の協力者と、絢斗はどうしても鉢合わせたくない理由があるからだ。

「係長、話って飲みですか？　飲みなら――」

「残念。俺もそっちの話ができるならしたかったが、今日は仕事の話だ」

「仕事、ですか」

意図せず口角が引きつった。なんてタイミングの悪さだろう。新しい事件でも割り振られるのだろうか。いつもなら定時前に振ってくれる上司が、なぜ今日に限って定時後を選んだのか。

平凡な脳みそを駆使して理由を推理する前に、絢斗の身体がぶるりと震えた。

――ああ、最悪だ。

人より嗅覚も聴覚もいい絢斗は、この部屋の外で響いた靴音を聞きつけた。

特案は警視庁の中でも警部以上の人間にしか詳細が明かされていない部署のため、隠すようにして押し込められた地下二階にあるこの部屋には関係者以外は滅多にやってこない。しかも定時を過ぎたばかりの今、この部屋から出て行く人間はいたとしても、この部屋に来る人間はほぼいないと言っていい。

それこそ、明確な目的のある人間しか。

そして今夜、その目的のある人間というのは、先に述べた一人の協力者だけだろう。

きゅ、とビニル床の廊下を踏む足音を耳が拾う。

「か、係長っ。なんの仕事ですか。早く言ってくださいっ」

「なに、今日用事あった？」

「そうなんですだから早く！　巻きで！　お願いします！」

きゅきゅっ。足音がこの部屋の扉の前で止まる。

「係長ぉっ」

「なんだよ熱烈だなぁ」

「今そういうノリいらないんで！」

カチャ、とドアノブが回る。絢斗の心臓がひゅっと縮まったのとほぼ同時に。

――ガァンッ!!

スチール製の扉が壊れそうな勢いで開いた。

まだ部屋に残っていた数名の先輩刑事が、耳元で銃声を鳴らされたみたいな仰天顔で出入り口に注目する。

それは絢斗も同じだった。無意識に両腕をさする。伊達だけが呑気に「扉壊したら弁償な～」と文句を言っている。その文句はしっかりと元凶である本人の耳にも届いたらしく、彼は横柄な態度で舌打ちした。

「だったらもっとマシな刑事付けろよ、クソヒゲ」

きれいな顔からは想像もできないほど汚い言葉が放たれる。

クソヒゲと呼ばれた伊達は、そんな悪口など子どものイタズラ程度にしか思っていないような軽さで笑った。

どくどくと心音が加速していく。絢斗は唾を飲み込んだ。指先から冷えていくこの感覚は、自分の血の気が引いているせいだ。

なにしろ絢斗が鉢合わせたくなかった相手こそ、不機嫌を隠しもせず大股で伊達の許までやってきた、この青年なのだから。

瀬ヶ崎怜（せがさきれい）。それが彼の名前だ。

特案における協力者であり、協力者きっての問題児。

絢斗が知る彼の情報は、この春で大学一年生になったこと、全体的に色素の薄い見た目をしているけれど純日本人であること、中性的に整った顔に似合わず言葉遣いが乱暴で、態度も大きく、チャームポイントのように昼夜問わず丸いカラーサングラスをかけていて、その派手な見た目からイメージされるとおりの自分勝手な捜査をして刑事から煙たがられていること、そして霊力が誰よりも強いということだ。

現に彼が来ただけで、ただでさえ窓がなくて日差しの入らない寒い部屋の温度が、いくらか下がった気がする。まあ、それを知覚できる刑事は特案の中でも絢斗くらいだろうが。

とにかく、絢斗にとって怜は鬼門とも呼べる存在なのだ。彼の霊力の強さを鑑みれば、この組織内で唯一絢斗の秘密を暴ける人間。

だから特案に配属されてからの約半年間、絢斗は徹底的に彼を避け続けた。今も伊達のデスク前にいる彼から逃げるように六歩下がる。それ以上後進しないのは、単純に背中が壁にぶつかったからだ。

「で、おまえさんの言う『マシじゃない刑事』はどうした?」

「あ?　置いてきたに決まってんだろ」

「あーあー。なんで置いてきちゃうかねぇ。だからおまえさんと組みたがる担当者がいなくなるんだよ。苦情が来る俺の身にもなってちょーだいよ、まったく」

「知るか。逆になんで俺があの馬鹿に合わせないといけないわけ?　だいたいあんたもいい加減諦めろよな、俺に担当者付けんの。足手まといは要らないって何度言わせんだよ」

もう今日は帰っていいかなと、伊達と怜のやりとりを眺めながら思う。

伊達には仕事のことで話があると言われたが、週明けに聞く方向でいいだろうか。今はこの場から一刻も早く立ち去りたい。

（でも、緊急の事件だったら……！）

その可能性がある限り、絢斗の性格上無責任に帰ることもできない。

折衷案として、ひたすら空気に溶け込もうと決めた。

「だからさぁ、俺だって前に言ったろ？　それは無理なの。あくまでおまえは協力者。民間人。単独捜査はできないの。ドゥーユーアンダスタン？」

「うわうっざ」

「『うっざ』ってなに！　いいか、おまえみたいに妖や霊に対抗できる能力持ちが好き勝手暴れたら、世の中大変でしょ？　いくら相手が法の範囲外の存在といえども、こっちまで何してもいいってことにはならないでしょ？　担当者はつまり、そんな協力者（おまえら）の手綱を握る役目もあるわけ。いい加減そこを理解してくんないかねぇ」

「理解と納得は直結しねぇだろ」

「ああ言えばこう言う～」

伊達も苦労してるんだなと、思わず上司に同情の眼差しを向けてしまう。

が、同情なんてするんじゃなかったと、すぐに後悔した。

「もういいよ。そんなおまえに、優しい俺が新しい担当者を見繕ってやったから」

「要らねぇ」

「おまえの勝手な行動も広～い心で受け止めて、暴言も優し～く受け流してくれそうな、我が特案期待の新人！」

　そこでもう絢斗は伊達の口を無遠慮に塞いでやりたくなった。この滅多に人事異動が発令されない特案の刑事で新人なんて、一人しかいない。まさか伊達の話というのはコレだったのだろうかと苦虫を噛み潰す。

　すると、思わず同僚の背中に避難しようとした絢斗の腕を掴み、逃げないよう両肩を背後から押さえた伊達が、通販番組のプレゼンターのごとく声を張り上げた。

「紹介しよう！　こいつは桜庭絢斗巡査。うちの人畜無害度ランキングナンバーワンの期待のエース！　常に人好きのする笑みを貼りつけ、協力者からの評判も良し！　さらに仲間思いでとっても真面目！　おまえにぴったりの刑事だ、怜！」

「へぇ。――で、本音は？」

　怜が機嫌悪く目を細める。

「ははっ。まあ、あれだ。もう桜庭しかおまえと組んだことのない刑事が残ってねぇんだな、これが！」

　堂々と言い切る伊達に、怜だけでなく絢斗も半目になった。二人から呆れの眼差しを送られて、さすがの伊達もまずいと思ったのだろう。視線を明後日の方向にやりながら頬を掻いた。

「だってさぁ、仕方ないじゃん？　本当のことなんだから」

「だったらもっと強そうな新人連れてこいよ！　なんだこの吹けば倒れそうなモヤシ

は！」


「馬鹿だな怜。モヤシは自立できないだろ？　だから桜庭はモヤシよりは強いぞ」

「そういうことじゃねぇんだよ！」

　まったくだ。激しく怜に同意する。いつもふざけた発言をするくせに、ふざけてほしいときに限って真面目に答えるのは一周回って人をおちょくっているとしか思えない。

「とにかくだ。俺はこんな貧弱そうで軟弱そうな奴は絶対にごめんだ」

　酷い言われようだが、絢斗としてもごめんである。自分の秘密を暴きそうな存在だからというのもあるけれど、何よりここまで横暴な人間とは単純に性格が合わない。そもそも仲間から聞こえてくる彼の暴れっぷりを、自分が止められるとも思っていない。

　あるときは命令を無視して妖と一人対峙し、あるときは被害者に凄み、あるときは建物を躊躇なく損壊したらしい。

　これで彼の担当者になりたいと思う刑事がいたら、その刑事は間違いなく彼と同類の人種である。

（ああ、だからか）

　伊達と怜はまだ何か言い合っている。そんな二人を横目に、絢斗はげんなりと息を吐き出した。

　先ほど伊達が絢斗を指差して「おまえにぴったりの」と言ったのは、何も取って付けただけの理由ではないのだろう。銃弾のように勢いよく飛び出していくような怜には、同類ではなく真逆の相棒と組ませる必要がある。

　でなければ、そのうち彼は渋谷のど真ん中でも平気で捕り物劇をやってしまいかねない。そんな事態になれば、伊達の首が飛ぶだけでは済まされないだろう。

　でも、だからといって、やはり引き受けたくはない。

　誰だって自分の命は惜しい。絢斗の抱える秘密は、バレれば命に関わるかもしれないものなのだ。さりげなく伊達の拘束から抜け出した絢斗は、後ずさりしながら「まあまあ」と二人を宥めた。

「係長、無理強いはよくないですよ。僕も自分の協力者がいますし、ほら、今の時代はパワハラとかもありますしね」

「桜庭ぁ。おまえそれ、遠回しに上司を脅してんのか？　いい度胸だな」

「違いますよ！　ただ無理やりはよくないって話で……！　とにかく僕には荷が重いです、お先に失礼します！」

　脱兎の勢いで逃げ出そうとしたところ、この部屋唯一の扉前に二人の男が立ち塞がった。二人とも絢斗より体格のいい先輩刑事だ。急に止まることもできず、一人の刑事に腕と襟をとられる。投げられる！　と理解すると同時に足が床から離れ、瞬時に受け身の態勢をとった。上からのしかかられる前に身を起こそうとしたが、あえなく二人目に捕縛された。

「二対一は卑怯ですよ先輩方!?」

「観念しろ、桜庭。みんな経験したんだ。あとはおまえだけだ」

「そんな通過儀礼みたいな……！」

「あーあー、まったく。桜庭ぁ、逃げることたねぇだろ」

「僕は自分の命が惜しいんです、係長」

「う～ん、素直なのは感心するけどよぉ……って、怜？」

床にねじ伏せられている絢斗の許へ、怜が無言で近づいてくる。身動きを封じられている絢斗は、そんな彼から逃げることも隠れることもできない。

まずい、とシンプルに思った。

先ほどまでの怜は、おそらく自分の担当者や伊達への苛立ちで特に絢斗を意識していなかったようだが、訝しむように目の前でしゃがみ込んだ彼は、今や担当者のことも伊達のことも意識の外へやって、まっすぐと絢斗を見つめている。

ごくりと、喉を上下させた。その琥珀色の瞳に囚われたように目を逸らせない。

怜の口がおもむろに開いていくのを見て、絢斗は何を言われるのだろうかと我知らず身構えた。

「――おまえ、な～んか変だな？」

怜の発言の意図を読み取ろうとするように、部屋がしんと静まり返る。床と身体が接しているせいか、自分の鼓動を痛いくらいに感じる。

「なんでだ？　なんとなく気持ち悪いような……霊力が混ざってんのか？」

ああ、やっぱり。やっぱり彼は危険だ。このままでは見透かされてしまう。暴かれてしまう。この、存外澄んだ瞳に、隠したい何もかもを。

すっと、怜の手が絢斗に向かって伸びてきた。

怖いのに目を瞑ることもできなくて、秘密のヴェールを剥がそうと迫るその手をただただ見つめ続けていたとき。

「さっそくいじめんなって、怜」

伊達が怜の頭を押さえつけるように軽く撫で回した。

「桜庭は視えるタイプなんだから、霊力があるのは当然なの。ほら、おまえらも。いつまで拘束してんだ。もう放してやれ」

伊達の一声でやっと身体が自由になる。けれどもう、絢斗に逃げる気力はなかった。まだ心臓が忙しなく鳴っている。

「触んなクソヒゲ。そういうことじゃねぇんだよ。つーか、人間相手に簡単にやられる奴なんて余計に嫌なんだけど」

「まあそう言うなって。あれは先輩の顔を立てただけで、桜庭もやるときはやる男よ？なあ、桜庭。そうだよな？」

イエスしか答えを許さないような無言の圧力を感じとる。正直わざとではなく本気で投げられたのだが、それを言わさない空気が横にいる先輩二人からも流れてきたので、絢斗は引きつった笑みを浮かべて誤魔化した。

「それに怜、桜庭が嫌ってんなら、もうおまえに付けられる担当者がいなくなるってことだぞ。これがどういう意味かわかってんのか？」

「あ？」

「ようするに、協力者としてクビってことだ」

「はあ⁉　ふざけんな！　なんで俺がクビになんだよ！」

「うんうん。それはおまえだって嫌だよな。なんてったって、うちほど割のいいバイトはそうないからな？　大きな収入源を断たれるのは困るだろ？」

怜が舌打ちする。かなり苦々しい顔で伊達を睨んでいるが、これには少しだけ驚いた。あの問題児が反抗せずに押し黙るなんて、よほど協力者のバイト代はいいらしい。

「桜庭も。社会人が仕事選べるなんて甘いこと、思ってないよなぁ？」

「うっ……」

本当に、どうしてこういうときだけ真っ当なことを言うのだろう。それを言われたら首を縦に振ることしかできなくなる。

伊達が自分の顔の前で、小気味よく手を叩いた。

「さ！　じゃあそういうわけだから、来週からおまえら二人のチームな。桜庭は引継ぎしっかりやっておけよ。じゃあ解散～。はいお疲れ～」

手をひらひらと振って自席へ戻る伊達を、怜が恨めしい目つきで睨めつけている。絢斗も同じように睨めつけてやりたかったが、先の不安が大きすぎてそれどころではない。

結局絢斗が帰宅の途につけたのは、終電ギリギリの時間だった。

＊

週の始まりは、多くの社会人にとって憂鬱そのものだろう。

以前何かの情報番組で観たのは、月曜日によくネット検索されるワードランキングで「仕事に行きたくない」が一位だった、というものだ。今の絢斗も強く同意したい。仕事に行きたくない。

だから検索してみたら、仕事に行きたくない原因や対処法について書かれた記事がヒットした。原因の首位に「職場に苦手な人がいる」というのを見たときには、思わずその対処法を知るべく目を皿にして指をスクロールさせていた。まあ、答えに『転職する』とあったので、肩を落としながら画面を閉じたけれど。

（そんな簡単に転職できたら、苦労しないんだよなぁ）

何も特技なんてない。資格もない。かつ高卒。そんな自分を正社員で雇ってくれるところなんて、きっと少ないだろう。しかも訳あって実家を頼れない絢斗は、社宅が完備されているところでないと金銭的に困る。

（そもそも、母さんから逃げるために上京したからな……）

絢斗は母子家庭で育った。だからというわけではないけれど、母は過保護だった。

いや、過保護を通り越していた。

学校の友人とは誰とも喋ってはいけませんとか、学校まで迎えに行くから一人で帰ってはいけませんとか。もちろん登校も母が一緒だ。出掛けるときは行き先と帰宅時間を告げなければならず、一分でも遅れると怒られる。内緒で外出なんかした翌日には、学校にすら行かせないよう家に閉じ込められることもあった。もはや過干渉だった。

もとから執着心の強い人ではあったけれど、それが顕著になったのは、絢斗が八歳の頃からだ。

（母さんから逃げるためにも、今の仕事は辞められない）

警察官であることが、母から逃げる唯一の方法なのだ。絢斗にはこれしか方法が浮かばなかった。

だから、いくら自分の担当する協力者との相性が最悪といえども、転職はできない。

そうして解決策を見つけられないまま迎えた、月曜日。全社会人の憂鬱を一身に背負ったような面持ちで出勤した絢斗を待ち受けていたのは、引継ぎに次ぐ引継ぎである。

まず自分の後任となる刑事に、今抱えている事件の詳細や協力者に関する情報を共有する。これだけで半日が潰れた。

次に先週まで自分の協力者だった男とカフェで落ち合い、彼に担当替えを伝えるのと併せて後任刑事との顔合わせも済ませた。

それからその二人を残すと、絢斗は一足先に桜田門（けいしちょう）に戻ってきた。

このあともまだ引継ぎは残っている。次は自分が怜の元担当者から引き継がれる番なのだが、できれば引き継がれたくない。このまま帰ったら引き継がなくてもよくなるだろうかなんて馬鹿なことを考えながら、地下鉄の出口に繋がる階段を上っていく。

問題の先送りだと理解していても、足取りは重い。ついでに空も重い。もうとっくに日は沈み街が夜に溶け込んでいたとしても、晴れていればここまで暗くはないだろう。曇天の空を見上げてさらに気分が落ちる。どうせなら今の自分の心情を表すような土砂降りの雨でも降ればいいのにと、やさぐれた気持ちになった。

絢斗は庁舎のドアをくぐると、迷いなく奥の非常階段へ進み二階分を下りていく。

相変わらず暗くて湿気の多い廊下である。暗いのは窓がないせいだけでなく、廊下の照明が所々切れているせいもあるだろう。こういうのは総務部に新しい蛍光灯を依頼するのだが、人手の足りていない特案で率先して雑務をする人間はいない。そして特案以外に、地下二階に常駐する部署はない。あとは空き部屋が二つあるだけで、他のスペースは全て駐車場になっている。

（他だと庶務が雑務もやってくれるんだっけ。でも捜一の庶務、特案はノータッチだからなぁ）

なにせ、警部以上の人間にしか詳しい情報が公開されていない部署なので。これが地味に辛かった。おかげで経費の精算や勤務時間管理は自分でやらなければいけないし、他の雑務は分担制で、絢斗は一番面倒だと言われている文書担当になってしまった。

（いいや。追ってた事件引き継いで時間できたし、蛍光灯は僕があとで請求しに行こう）

いつまでも暗い廊下では、いつまでも気が滅入ったままになってしまう。新しい協力者がどれだけ問題児でどれだけ性格が合わない相手だろうと、文句を言い続けるわけにもいかない。蛍光灯を替えて、気持ちも切り替えよう。

そう決めた絢斗は、今どき珍しい握り玉タイプのスチール製扉を開けて、部屋全体に聞こえるような声で帰還を告げた。

「お疲れ様です。桜庭戻りま――ぅぶっ!?」

しかし最後まで言い終わらないうちに顔面に何かを押しつけられる。いったいなんだと困惑するうちに視界が晴れ、ひらひらと落ちていくものが目に入った。

床に紙が散らばっている。表も裏も乱雑に広がったその中に、絢斗は『調書』という文字を見つけた。

（え、調書っ？）

慌てて手を伸ばす。焦ったのは、それが大事な公文書だからだ。

いわゆる調書には、参考人調書や供述調書など、作成状況によって細かい名称が決められているのだが、絢斗が拾ったのは参考人調書だった。その名のとおり、事件の参考人から聴いた証言を記録した文書だ。

いや、よく見ると、そのコピーだろうか。手書きされたと思われる参考人の署名周辺に、レーザーコピー特有の小さな点（トナー）が見える。

それに、本来なら特案に下ろされる事件というのは、本庁の刑事部や所轄の刑事課などが一度捜査し、その上で『怪奇な事件』として疑義が持たれたものである。よって、調書も含めた捜査資料を編綴した分厚い事件記録が事件と共に特案へ移されるのだが、この事件記録の持出しは基本的に認められておらず、当然、編綴したものをばらすことも認められていない。だからこんなふうに綴じられていない状態はまずありえない。

落ちている文書を掻き集めながら注意深く観察してみると、やはりそれはコピーのようだった。

いくら伊達の許可を取ればコピーが可能で、原本ではないにしても、重要な公文書を人の顔面に叩きつけるとは何事だろう。文書担当としては文句の一つも言いたくなる。笑えないイタズラですよ、と先輩だろうが恐れず注意しようと視線を上げると——。

「来るのが遅ぇんだよ。どこほっつき歩いてた」

今、最も会いたくない人物が仁王立ちしていた。

「せ、瀬ヶ崎くん？　なんでここに……」

丸いカラーサングラスの下、特徴的な瞳を歪めて、怜が舌打ちする。今日は会う予定などなかったはずなのに、なぜ自分が遅いと怒られているのか。

黒のチノパンに無地のタートルネックと派手な柄シャツを着た彼は、明らかに無骨なこの場所には似つかわしくない。どこぞの組員のように治安が悪そうな格好だが、彼の整った顔が玉座で足を組んで不敵に微笑むホストのようにも思わせてくる。嫌みのように長い足が苛ついたようにタンタンと床を叩いた。

「クソヒゲが単独捜査したらクビって言うから、おまえを待ってたんだよ。さっさとそれ拾ってついてこい。あと、車の鍵忘れんなよ」

「えっ、待って！　行くってどこに？」

すれ違い様に怜の腕を掴むと、彼はそれを振り払いながら答えた。

「事件の捜査に決まってんだろ、のろま」

「事件？　それってもしかして、君の元担当者が抱えてた？」

「それ以外に何がある」

「ちょっと待って。僕まだ引継ぎ受けてないんだけど」

これから受ける予定だった。なのに、いきなり捜査というのは無理な話だ。

特案に舞い込むほとんどの事件は、すでに捜査した刑事がいるのが通常である。まずはその事件記録を読み込み、どんな事件なのか、どういう捜査が行われたのか、何をもって『怪奇な事件』と疑われたのか、それらを確認する必要がある。

その上で担当者が基礎調査を行い、間違いなく『特異事案』と認定したときに初めて協力者を呼んで、被疑者の逮捕に当たる。

最初から協力者を呼ばないのは、あくまで彼らが警察組織だけでは補えない犯人逮捕のためのいわゆる実働部隊だからであって、警察官ではないからだ。彼らは自分の持つ妖や幽霊に対抗する能力をもって、被疑者の逮捕に協力してくれる存在にすぎない。

「だからまだ、協力者（きみ）を呼ぶ段階には行っていないというか……」

「うるせぇ。とっくに行ってんだよ、その段階に。ごちゃごちゃ言ってねぇで早く車の鍵持ってこい。あの馬鹿から引き継いで変な入れ知恵されるくらいなら、俺が話す」

不機嫌オーラ全開で凄まれて、絢斗の心臓がひゅっと萎縮した。鳥肌が立つほどの寒気を感じて、腕をさすりながら特案の執務室へ逃げ込む。

絢斗だって、警察官としては五年目なのだ。怜よりもっと目つきの悪い輩に絡まれたり、唾を飛ばす勢いで怒鳴られたり、理不尽に脅されたりしたこともある。おかげでちょっとやそっとでは怖がらない心が育った。

だから別に、この身の震えは恐怖からくるものではない。いや、自分の秘密がバレたらどうしようという恐怖はあるものの、これはそういう類いのものとは違う。

(瀬ヶ崎くんの霊力が漏れてるんだ、きっと)

瀬ヶ崎怜があれほどの傍若無人ぶりを発揮しながら、それでもある程度許されているのは、ひとえに彼の能力値が高いからだ。

彼は協力者の中でも、群を抜いて高い実力を持っている。

しかもこの感じだと、彼は身の内から漏れ出るくらい霊力が有り余っているようだ。人より霊力を感知しやすい絢斗だから、そのせいで寒気を感じたのだろう。

「桜庭、ほれ。車の鍵」

伊達が自席から放り投げてきた覆面パトカーの鍵を、間一髪のところでキャッチする。

「係長まで……。行かなきゃだめですか？」

「戻って早々悪いが、怜のこと頼むぞ」

言いながら伊達がため息を吐いた。それから二本のストローを口にくわえて、器用にズズッと啜っている。

これは特案ではお馴染みの光景だが、伊達はいつも一本のストローを牛乳パックに挿し、別の一本のストローをインスタントコーヒーの入ったマグカップに挿すと、同時に啜って飲むのだ。初めて見たときは奇妙な飲み方をするものだと思ったが、伊達曰く、この飲み方だとそのときの気分で味を調整できるので便利らしい。疲れているときほど牛乳を多く啜り、眠たいときほどコーヒーを多く啜るのが伊達流なのだとか。

ちらりと見えた伊達のデスク横のゴミ箱には、ポーションタイプのインスタントコーヒーの空容器が二つに対して、すでに三つの牛乳パックが捨てられていた。まだ月曜日なのに疲れてるんだなと思った絢斗は、「怜のこと頼むぞ」という上司の言葉に「無理です」なんて本音ではなく、「行ってきます」を返す。

自分も胃薬を用意しようかなと、行きたくない気持ちを叱咤して部屋を後にした。

助手席に怜が乗ると、絢斗は覆面パトカーを走らせようとして、さっそく問題にぶち当たった。

「あの、瀬ヶ崎くん？」

「なに」

怜は機嫌悪そうに腕を組んでいる。

「いや、えっと、どこに行けばいいのかな〜、なんて」

チッ、と舌を打つ音が隣から飛んできた。彼は舌打ちが癖なのだろうか。やっぱり今日は絶対に薬局で胃薬を買おうと心に決める。

「なんなのおまえ」

「な、なんなの、とは」

「びくびくびくびく、鬱陶しいんだよ。はっきりと物言え」

誰のせいかな！　と反論してやりたいところだが、ここは大人としてぐっと飲み込んだ。

「僕の態度が気に食わなかったならごめんね。じゃあ、はっきり言うんだけど」

絢斗は身体ごと怜を振り向くと。

「僕、桜庭絢斗っていうんだ。よろしく」

自分の名前を名乗る。そういえばまだ自己紹介をしていなかったことを思い出したからだ。たとえ絢斗にとって相手が苦手な人間でも、名を名乗らないのは人として失礼だろう。

一拍置いてから、怜が心底おかしなものでも見るような目で「はあ？」と声を上げた。それに怯みそうになりながらも、絢斗は続ける。

「あとね、係長も言ってたけど、僕は妖も幽霊も視えるタイプ。でも視えるだけだから、逮捕のときは瀬ヶ崎くんの力を頼ることになると思う」

霊力があるからといって、みんながみんな妖や幽霊に対抗できる『能力者』になれる世界ではないのだ。絢斗は視えるけれど、戦えない。

「一緒に組むことになったからには、やっぱりお互いのことは知っておいたほうがいいでしょ？　だから教えておくね。それで、君のことも知りたいんだけど、君の能力は陰陽術って聞いてる。合ってる？」

それは今の世では珍しい力だ。絢斗の知る限り、怜以外の使い手はほとんど聞いたことがない。

彼の返事を待ってみるものの、いっこうに返ってこない。まさか無視かと内心で嘆いたとき、いきなり怜がサイドブレーキを下ろしてシフトレバーに手をかけた。

「ちょっと⁉　何してんの⁉」

おそらく彼はそのままシフトレバーをドライブに入れようとしたのだろう。が、動かないレバーにまた舌打ちしている。

彼の行動に唖然としつつ、絢斗は日本の技術者に心底感謝した。ギアがパーキングに入っているときは、車はブレーキを踏んでいないとドライブなどの他のギアにはチェンジできない仕組みなのだ。怜はまだ運転免許を取得していないのか、知らなかったらしい。

もしその仕組みがなかったら、微動とはいえ車は勝手に動き出していた。

信じられない、と内心で慄く。これが瀬ヶ崎怜という男なのか。

（傍若無人にも程がある……！）

「おい、そんなことどうでもいいから早く行けよ」

怜が絢斗の瞳をまっすぐと射貫いてくる。シャツの下の肌が粟立った。まただ。彼の霊力に当てられる。

（いったいどれだけ強いんだ）

絢斗でも底知れない霊力を保有しているなんて、逆に大丈夫なのだろうかという疑問が沸いた。何事も適度が一番で、多すぎるのも問題だ。その摂理は霊力にも当てはまり、人の身で抱えきれない霊力はやがて持ち主自身を破滅に追い込むことになるだろう。

心なしか、怜の顔色が悪いようにも見える。

「おい、聞いてんのかてめぇ」

「ったぁ!?」

我知らず考え込んでいたようで、突然頬に激痛を叩き込まれた。

「な、なにっ？　なんか硬いものが……」

と、メーターの上に、車に乗り込んだときにはなかった存在に気づく。見た目は小さな恐竜だ。おそらくトリケラトプスだろう。サイのような見た目で、三つの角と後頭部から首に伸びた大きなフリルが特徴的な恐竜である。目の前にいるのは、それを再現したおもちゃだろうか。誰かの忘れ物かと思いたいところだが、おもちゃから怜の霊力を感じる。

「せ、瀬ヶ崎くん。まさかこれ……」

「俺の式神」

「やっぱり!?　――ってだからなんで叩いてくるの!?」

見事なジャンプからの尻尾アタックを再度頬に食らって、絢斗は術者である怜に直談判した。恐竜の式神なんて聞いたことはないので、おそらくこれの正体は、厳密には付喪神なのかもしれない。

「てめぇが俺の話を聞かないからだろうが。ほら、行け。早く行け」

言いながら、怜がスマホをいじり始めた。傍若無人なだけでなく、彼はマイペースでもあるらしい。

「だから場所教えてって言ってるでしょ！　そもそもなんでさっきからそんな急いでるの？　どういう事件？」

そこが一番気になるところだ。急がなければいけないような事件なら、最初からそうと教えてくれれば絢斗だって呑気に雑談なんかしない。

「事件のことは道中で話す。急いでんのは事件もそうだが、七割は別件だ」

「別件？」

怪訝そうに繰り返すと、ふいに怜がスマホの画面から顔を上げた。それまで苛立ちしかなかった彼の顔に、ぞくりとするほど妖しく艶めかしい、でもどこか無邪気な笑みが浮かぶ。

「そう。俺が——俺がおまえを、殺しちゃうかもって話？」

「は……？」

冗談だよね？　と返したいのに、なぜかその質問が無駄だと知っているように口が開かない。本能が警告している。やはり彼に関わるのは危険なのだ。

「あ、車動いてんぞ」

「え!?」

我に返った絢斗は慌ててブレーキを踏んだ。しかし実際に車が動いた気配はない。あっと思ったときには、怜がシフトレバーをドライブに入れていた。それでもブレーキは踏んだままなので、車が動くことはないけれど。

「な、なんでっ……」

彼は運転の仕方なんて知らないはずではなかったのか。

「いや～、やっぱスマホは便利だよな。なあ、絢斗?」

怜がニヤリと口角を上げた。開いた口が塞がらない。ここまで横暴な人間は初めてだ。

「もう二度とレバーに触らないで!」

できることなら、今すぐチームの解消を伊達に叩きつけたくなった絢斗である。


怜が千代田区麹町にある四谷高等学校に行けと言うので、絢斗はそのとおり車を走らせた。東京らしい煌びやかな風景が車窓の外を流れる。それを見るともなしに眺めながら、怜が事件の概要を語った。

「最初の事件が発生したのはひと月ほど前。被害者は東京都立四谷高等学校二年、笠原(かさはら)めぐみ、十六歳。自宅の自室で首を吊っているところを母親が発見。死因は窒息死。現場に荒らされた形跡や争った形跡はなく、外部から侵入した形跡もなし。また首に吉川線――首を絞められたときに抵抗してできるひっかき傷――も見当たらなかったことから、当時は他殺の可能性は低いと見て警察も自殺として処理した。けど数日後、第二の首吊り事件が起こる。被害者は同じ学校、同じ学年の飯田夏紀（いいだなつき）、十六歳。二人は同じクラスで、一年のときから友人関係にあったらしい。彼女も自宅の自室で首を吊っているところを姉に発見されてる。こっちも死因は窒息死。現場の状況も同じで、短期間で二人も同じ死に方をしたもんだから、さすがの所轄も次は慎重に捜査を開始した。でもいくら調べても他殺の証拠が出てこない。それに、殺すほどの動機を持った容疑者も浮上しなかった。世の中には『集団自殺』なんてものも起こるくらいだ。結局所轄は自殺で処理しようとした」

「それが特案（うち）に回ってきたのは、どうしてなの？」

「所轄の刑事で一人だけ『他殺』だと主張し続けた奴がいる。さっきおまえに渡したコピーの中にもあるが、事件記録の中にその刑事が作成した参考人調書がある。そこで飯田夏紀の姉がこう証言してる。『夏紀には好きな人がいて、彼に会えるから学校も楽しいって言ってた』ってな。仲のいい姉妹だったらしい。大抵のことは互いに話してたんだってよ。で、その刑事はそんな人間が本当に自殺なんてするのかと疑問を持った。それに、もし自殺なら、大抵の奴は自殺の前にその手法を検索するもんだ。被害者二人のスマホやタブレットからそんな検索履歴は見つからなかった。遺書もない。それで他殺説を推してたが、結局裏付ける証拠を見つけきれずに、渋々特案に縋ったってわけだ」

怜が嫌みを滲ませた顔で笑う。

絢斗は彼の言い方に引っかかりを覚えた。まさか調書に刑事の主観なんて書かれているわけがないのだから、彼はどこからそんな刑事の話を調達してきたのか。

考えられるとすれば。

「ねえ、まさかとは思うけど、所轄に行ったなんて言わないよね？」

「当たり前だろ」

「そ、そっか！　それなら」

「行ったに決まってんだろ」

「行ったの!?」

思わずハンドルを握る手に力が入る。

「刑事ってのは本当にプライドが高いよな。自分たちが投げた事件のくせに、他所の奴が掘り返そうとすると睨んでくんの。マジウケる」

「どこもウケないよ！　ねえ嫌な予感するんだけど、まさかそれ、君一人で行った？」

「そうだけど？」

ああ、最悪だ。ハンドルさえ握っていなければ、絢斗は思いきり頭を抱えたことだろう。これが噂に聞く自分勝手な捜査か、と胃が痛くなる。

そりゃあ何も知らない所轄の刑事からすれば、いきなり刑事でもない大学生がやってきて、自殺で処理しようとした事件について訊いてくるのだから、面白くなんてないはずだ。

協力者には、一応社会的な身分として『特別捜査員』という地位が与えられている。特案の存在を知らない警察官でも、特別捜査員証を持つ者には融通を利かせるよう、上からお達しが出ているのだ。

だからといって「はいわかりました」と素直に従う警察官ばかりではない。ましてや怜のように派手な格好をした若者に、所轄の刑事がいい顔をしなかっただろうことは容易に想像できる。絢斗のように正真正銘の刑事でさえ、最初に捜査した部署には慎重に接触するというのに。

「今後は絶対にやめてね。大事な情報を引き出せなくなったら困るから。せめて僕と一緒に行こうね」

「は？　なんだそれ。キモ」

「シンプルな悪口もやめて！」

とにかく話を戻すことにして、絢斗は続きを聞いた。

その刑事が仲のいい上司に相談した結果、事件は特案に回されたという。たぶん仲のいい上司というのが警部以上の階級で、納得しない部下を宥めるためにとりあえず特案に回したような感じだろう。

『怪奇な事件』というのは、様々な捉え方のできる言葉だと絢斗は思う。言葉の意味自体は『怪しく不思議な事件』となるのだろうが、絢斗たちのように妖や幽霊の存在を認識できない者からすれば、何をもって怪奇とするかは曖昧だ。

だから理屈の通らない事件や現象を理解できない事件、事故ではないはずなのに事件とも立証できないようなものを、とりあえず特案に持ち込んでくる。

その全てを精査しているのだから、特案が人手不足なのは自明の理とも言えよう。

怜は恐竜の式神の尻尾で遊びながら、特案に事件が移ったあとのことも教えてくれた。

「すぐに脳筋馬鹿が基礎調査したんだが、あいつ、マジで馬鹿すぎて。現場にも行かずにちょっと聞込みしただけで自殺の判定を下しやがったんだ」

「……脳筋馬鹿って、もしかして」

「おまえの前任以外誰がいんだよ。名前呼ぶ価値もねぇ、あんな馬鹿。せめて被害者(げんば)の家くらい行っとけよマジで」

それはごもっともすぎてフォローできない。

けれど、前任刑事の気持ちもわからなくはない。特案はとにかく回ってくる事件の数が膨大なのだ。まるで便利屋のごとく回される。

特案の存在を知らない警察官もいるため、特案のことは通常隠語が使われるのだが、小耳に挟んだ話によると、刑事部では少なくとも月に一回は「それ、たくあん事件な」という言葉が出るらしい。「とくあん」が「たくあん」に聞こえた偉い人の命名らしいが、その人は絶対にネーミングセンスがないと絢斗は思った。

「あれ？　じゃあ瀬ヶ崎くんは、何をもって『特異事案』だと思ったの？」

こうして被害者(げんば)の家ではなく被害者たちが通っていた高校に行くということは、怜の中ではもうこの事件は『特異事案』だと確定しているのだろう。被害者の家くらい行っとけと発言したくらいなのだから、彼はすでにそこへ赴き、何か新しい情報を掴んでいる可能性が高い。

そう思って訊ねてみたのに、隣の彼から返事がない。悪口の次は無視か、と胃がキリキリする。ちょうど信号が赤になったので、視線を助手席に移したら。

「ど、どうしたのっ？　具合悪い？」

怜が何かを堪えるように眉根を寄せて、盛り上がった眉間を指で摘まんでいた。

「別に。なんでもねぇ」

ぎろりと睨まれて、反射的に肩が震える。もう何度目になるかわからない怜の霊力に当てられる。

(でもなんか、おかしくない？)

これまでだって、霊力の強い人間には会ったことがある。確かにその中でも怜が一番強いとはいえ、こんなふうに他人の霊力に当てられたことはない。

そもそも霊力を垂れ流すのは、自殺行為に等しい。いざというときに力を発揮できなければ、妖や幽霊と対峙した際に命を落としかねないからだ。

「ねえ、なんでもないって顔色じゃないよ。そういえばさっきから顔色悪いとは思ってたんだ。もし本調子じゃないなら――」

「なんでもねぇって言ってんだろ！　今回の事件の犯人と会えば問題ねぇ」

「なにそれ？　どういうこと？」

しかし怜は答えない。

赤信号が青色に変わってしまったので、絢斗はいったん口を閉ざす。

ナビはすでに麹町に入ったことを示しており、引き返すか悩んだ絢斗だったが、ここまで来たならとそのまま車を走らせた。

長い息を吐き出した怜が、事件の最後を括る。

「被害者二人の家には、微量だが、霊力の痕跡があった」

「え⁉　待ってそれ、本当なの？」

それは『特異事案』と認定する決定打になりうる情報だ。だから怜は確信したのかと納得したとき。

「おい、通り過ぎたんだけど」

「えっ」

話に夢中でナビの声を聞き逃してしまったようだ。それでも優しいナビは、軌道修正したルートをすぐに案内してくれる。次の信号で曲がれば問題ないらしい。

「ごめんごめん。大丈夫、三分の誤差だから」

「何が大丈夫だ。三分もあればカップラーメンが作れるんだよ、おまえも馬鹿か？」

「三分でそんな怒る⁉」

「時給換算なら約一一四円。激安スーパーで納豆と豆腐が買える」

「節約主婦かな⁉」

なんにせようるさそうだと面倒くさくなりながら、絢斗は今度こそちゃんと交差点を左に曲がった。人間（れい）より機械（ナビ）のほうが優しいとはどういう世界線だ。

というか、概算した時給がだいぶ高いように思うのはただの計算ミスだろうか。いや、そもそも協力者としてのバイト代は時給制ではなかったはず。ならいったいなんのバイト代だ。変なバイトでなければいいけれど。

「おい、絢斗」

「……今度はなに？」

怖々と返事をする。まだ出会って数日どころか対面した時間は三時間にも満たないというのに、もう彼から何を言われるかとヒヤヒヤしてしまうようになった。

その反応が正しいとでもいうように、

「おまえもあの馬鹿みたいに使えないとわかったら、一生モヤシって呼ぶからな」

「モ、モヤシ」

「あと俺、弱い奴って嫌いなんだ。俺がおまえを守ることはない。自分の身は自分で守れ。俺のことも、放っておけ」

なんとも棘のある言葉で心を刺される。

引きつった笑みを浮かべながら、絢斗は内心でため息をこぼした。

夜の学校は、なんとも不気味な雰囲気を醸し出している。まるでそこだけ切り取られた異空間のようで、昼の学舎という和やかな雰囲気から一転、底知れない闇に呑み込まれてしまいそうだ。

それは多くの人間が感じることなのだろう。だから学校には怪談が尽きない。

夜中にどこからともなく現れる『旧校舎の怪』だったり、廊下に生首がふらりと現れる『廊下の怪』だったり。他にも、夜中に忘れ物を取りに来ると異世界へ繋がる階段が現れ、そのまま行方不明になってしまう『恐怖の階段』という話もある。理科室の標本が勝手に動く話は、あまりにも有名だ。

恐怖は連鎖する。夜の学校を特に怖いと思っていなかった人間でも、話を聞いて恐怖心を抱き始める。そうして恐怖が恐怖を呼び、集まり、凝り固まり——やがて〝本物〟を引き寄せる。それが妖であり、幽霊だ。

車を邪魔にならない路肩に停めた絢斗たちは、四谷高校の正門前に到着していた。正面に校舎がどんと建っていて、左手にグラウンドがちらりと見える。当然だが、人っ子一人いない。

「状況からして、今回はおそらく霊の仕業だろうな」

怜が正門をひょいと飛び越えていく。絢斗は思わず叫んでしまった。

「待って！　それ不法侵入！　今日は外から確認するだけなんじゃないの⁉」

「だから無能なんだよ、おまえら警察は。そうやってちんたらしてる間に誰かが死ぬこともあるって、頭ん中に入れておけよ」

「え、すっごい正論……」

まさか問題児と悪名高い彼に、そんな正論をかまされるとは思わなかった。

確かに彼の言うとおりだ。もし今回の事件が本当に事故ではなく、他殺だった場合、連続殺人事件の可能性だって浮上してくる。なにせ同じクラスの友人同士が、同じ死に方をしているのだから。

ただ、彼の言うことは全くもってそのとおりではあるのだが、物事には順序というものがあり、世間にはルールというものもあり、つまり何が言いたいかというと――これ怒られるの僕なんだよなぁ……と胃が痛い。絢斗が足踏みしている間に、怜はどんどん先を行ってしまう。

（そうだよね、待ってくれるわけないよね、あの瀬ヶ崎くんが）

これ以上好き勝手に捜査させないためにも、彼と離れるべきではないと判断した絢斗は、自分も慌てて正門を飛び越えた。

どうやって校舎内に入るのだろうと思っていたら、怜が迷いなく一つの窓を開ける。あぁ教師か用務員が窓の施錠を忘れたんだな、ラッキーだな、と素直に喜ぶには、絢斗はこの短期間で瀬ヶ崎怜という男の傍若無人さを実感してしまっていた。

「知りたくないけど、一応確認していい？　窓はなんで……」

「夕方に形代を忍ばせてた」

「そんなこともできるの君……！」

あまりの手際の良さに頭を抱えた。さすが絢斗より特案に長く関わっているだけあって、捜査に慣れている。といっても、全く褒める気にはなれないが。

形代というのは、これも陰陽術の一つで、人の形を模した白い紙に術者が霊力を吹き込むことで動く、いわば紙の人形のことだ。戦闘向きではないけれど、小回りがきいて便利らしいとは噂に聞いたことがある。

躊躇いなく校舎に入っていく怜と違い、絢斗は後に続くのを一瞬だけ躊躇う。けれど、門を飛び越えた時点でもう後戻りしようがしまいが罪は同じだと思い至ってしまえば、なるようになれという精神で窓枠に手をかける。

廊下に下り立つと、床のリノリウムがきゅっと鳴った。静寂の中に響いたそれに一番びっくりしたのは、鳴らした本人である絢斗だ。慌てて靴を脱ぐ。

最初に視界に入ったのは、壁にでかでかと貼られた『放送室』というポップな文字である。厚紙で作った装飾らしい。向かって左手には『職員室』と書かれた室名札があり、反対の右手には『保健室』の室名札が目に入る。

その視界の端に、怜の背中が映り込んだ。今にもフレームアウトしそうな彼の背中を追おうとして、絢斗は手に持った靴をどうしようかと逡巡する。

もちろん履く選択肢はない。それは校舎内が土足厳禁だからというよりも、単純に不法侵入の痕跡を残さないためだ。

もしこれで不法侵入がバレて誰かに通報され、いずれ上司である伊達の耳に入れば、間違いなくお説教コースである。伊達は特案の性質上、少しくらいのヤンチャなら見逃してくれるらしいが、特案に配属されてまだ半年の絢斗では、どの程度までなら許してもらえるかが判然としない。

だから絢斗は、自慢ではないが、仲間の中では比較的ホワイトな捜査をする。うっかりクロを踏んでしまって、悪目立ちしないように。

その点、周囲から問題児扱いされても己を変えない怜が、絢斗には不思議だった。

（だって怖くないのかな、人から嫌われること）

絢斗は怖い。だから演じている。普通の人間を。どこにでもいる、平凡な男を。

――今の居場所を失わないために。

「絢斗〜」

上階から怜に呼ばれて、ハッとした絢斗はとりあえず靴を窓の外に落とした。手に持ったままではいささか邪魔だと思ったからだ。

それから階段を上がっていき、二階で怜の姿を見つける。

「どうしたの……って瀬ヶ崎くん！　靴履いたまま堂々と歩かないで!?」

「いいから来いよ」

絢斗の忠告を無視して、怜が顎を振る。

いつのまにか空を埋め尽くしていた雲はちりぢりに刷けていて、その雲間から上弦よりも膨らんだ月が覗いていた。おかげでLEDの人工的な明かりなどなくても、怜のニヤニヤと上がる口元が綺麗に照らし出されている。カラーサングラスのせいで目元は見えにくいけれど、たとえ見えなくても、相手が何かを企んで面白がっていることは口元だけでわかるというものだ。正直に言って、行きたくない。

「ほら、早くしろって」

「いや、でも」

「おまえは本当に愚図だな」

「瀬ヶ崎くんも本当に口が悪いね……」

「いいからここ、入れって」

　無理やり背中を押されて入れられたのは、一つの教室だった。室名札に『三―一』と書かれていたので、三年生の教室なのだろうとは想像がつく。生徒が多いのか、整然と並べられた学習机は教室の後ろに余白など許さないとばかりに配置されていた。

　一見すると、なんてことはない教室だ。絢斗の学生時代とは違って黒板ではなくホワイトボードが教卓の後ろを陣取っているけれど、他は懐かしさを覚えるほど記憶の中の教室と似ている。絢斗は別にここの卒業生ではないが、学校の教室というものはそこまで大差ない構造なのだろう。

　そんな懐古的な気分に浸っていたら、ふと視界の真ん中がぼんやりと白んだ。目の調子でも悪いのかと思って擦ってみたものの、やはり視界の真ん中は仄白い何かに占拠されている。

いや、違う。

視界の真ん中ではなく、教室の真ん中だ。だんだんと形を捉えられるくらいそれがくっきりと姿を現した。

「ひっ。なんかいる⁉」

絢斗は脊髄反射並みのスピードで怜の背中に隠れた。

何がいるとは、正直口にしたくない。暗闇の中とはいえ、絢斗の目にははっきりと視えてしまった。最初はぼんやりとした光だと思ったものが、修羅のごとき鬼の顔をした、人ではないモノを形作るところを。それは死装束のような白い着物を着ていて、まるで誰かを探すように大きな目をぎょろりと動かしている。――妖だ。

幽霊ではない。だって幽霊は、恨みや後悔を残して死んだ人間の成れの果てだから。姿形は生きている人間とほとんど変わらない。

比べて妖は、はっきりと異形の姿をしている。まさに今視えている、足が闇に溶け、顔だけが異様に大きく、般若のような容貌をした、ひと目で人間ではないとわかるようなモノのように。

特案の刑事のくせに絢斗が妖や幽霊を怖がるのは、対抗する力を持たないからだ。

「ねえあれ、なんか主張の激しい妖がいるんだけど」

「なにおまえ、あれが視えんの？」

「視えるよ！　当たり前でしょ！」

なにせ絢斗は、この見鬼の力を買われて特案の刑事になったのだから。

逆に視えない特案の刑事は、能力者が特別に開発した眼鏡で妖を視るため、区別しやすくなっている。そんなことは長く協力者をやっている怜だって知っているだろうに。

「もしかして絢斗って、能力者？」

「非能力者！」

だからあんなのとは戦えないよと目で訴える。というより、怜には事前にその旨を伝えているはずだ。今さら何を言うのだろう。

「だよなぁ。たとえ能力者でも、最弱だろうし」

怜は絢斗の頭を掴むと、無理やり自分から引き剥がした。そして透視するように絢斗の全身を凝視する。

金曜日に顔を合わせたときも、彼はそうやって絢斗をじろじろと観察して「気持ち悪い」と言ってきた。なんとなく居心地が悪くなった絢斗は、逃げるように身を捩らせる。

「んー。どう見てもあれに気づけるほど霊力は多くないな？」

「あのさ」

「つか、やっぱおまえ……」

「だからっ、さっきから何を不思議そうにしてるの？　妖が視えることくらい、僕たちなら別におかしなことじゃないでしょ？」

正直、秘密を抱えている身としては、怜に観察されるのは心臓に悪いのだ。彼が何かに勘づいてしまう前に、絢斗は彼の意識を逸らす。

「それより、今回の事件に妖は関係ないんだよね？　さっき幽霊の仕業だろうって言ってたし。じゃあアあれは放置して、もう行こうよ」

「……へぇ？　仮にも特案の刑事が、妖を見逃す発言しちゃうんだ？」

怜がニヤニヤと笑う。意外だが、そこに絢斗の失言を咎める気配はない。

けれど絢斗は後悔した。同じことを仲間の前で言っていたら、まず間違いなく叱られるか軽蔑される発言だ。なぜなら彼らの感覚からすれば、犯罪者を見逃せと言っているようなものなのだから。

こちら側にいる妖の中には、無害なモノも実はいる。妖が人間に危害を加えれば、特案の標的になることくらい彼らだって解っているのだ。しかも特案に捕まれば、ほとんどの確率であちら側に還される羽目になる。それが嫌な妖ほど大人しいものだ。

それでも、妖というのは本能的に生きている。彼らの残虐な性質は、特案という存在だって歯止め役にはなりえない。

そのせいで、特案の刑事には妖嫌いが多かったりする。人間に危害を加える妖ばかりを相手にしているのも、その悪感情が育つ一因になっているのだろう。

でも、絢斗は違う。妖だからといって、必ずしも〝悪〟とは思わない。嫌ってもいない。

「だって、人間に善悪があるように、妖にも善悪だってあるんだよ。妖だからって一括りにするのは違うと思うんだ。なかにはさ、悪さもせず、ただ必死に生きているだけの妖だっているんだから」

少なくとも絢斗は、そんな妖を知っている。

妖だって平穏に生きたいと願うことを知っている。

「……薄々思ってたけど」

怜が白けた声で答えた。

「とんだ甘ちゃんだな、おまえ。そんなんじゃいつか足をすくわれるぞ」

突き放すような声音だ。ああやっぱりか、と絢斗は落胆した。先ほどの絢斗の失言を咎めなかったからといって、彼がその存在を認めているとは限らない。

やはり彼も、妖は悪だと決めつける側の人間なのか。

「いや、ごめん。そうだよね。今僕が言ったことは忘れて。やっぱり妖は……」

「違ぇよ。そうじゃねぇ。勘違いすんなよ絢斗。俺が言った甘ちゃんってのはな、おまえの考え方に対してだ。妖とか人間とかはどうでもいいんだよ。どっちだろうが、俺にとっては基本的に敵だ」

「敵が基本っ？　あ、新しい考え方だね……」

「うるせぇ。それに、あれをどうこうする気は端からねぇよ。しても意味ねぇしな」

どういうこと？　と絢斗は首を傾げる。

「よく見ろ。あれは妖の残滓であって、本体じゃない。気配が薄いだろ？　見鬼持ちでも視えるか微妙なくらいだ。だからわざわざおまえを呼んでやったんだろ。目の前に人間が現れたら、あの残滓がどんな反応するか確認するために。なのにおまえときたら……あれが視えるとか聞いてないんだけど」

絢斗は思わず眉間を揉んだ。

「ちょっと待って。その言い方だとまるで」

「囮としても使えねぇな、おまえ」

「やっぱり!? 知ってたけど普通に酷いね君!?」

「チッ、失敗した。とりあえず他の教室も視るぞ」

スーツの襟を掴まれて、問答無用で連行される。やはり彼の前で油断は禁物だと再認識する。

(もうほんと、早く担当から外れたい。そういえば靴も脱いでくれないし)

半泣きになりながら怜の歩幅に合わせて足を動かす。後ろ向きで歩かされるこの状況にも泣きたいが、この調査が終わったら床を掃除しなきゃいけないのか思うと、涙よりもため息が出る。

だがそこで、絢斗はふと気づいた。

怜の歩いた廊下のどこにも、土の付いた足跡が見当たらない。雲間から差す月明かりだけが頼りの今、単に明るさの問題で見えないだけなのかと思ったけれど、どれだけ目を凝らしても土の欠片すら落ちていない。

これでも絢斗は夜目がきく。見間違いではないはずだ。

でも、足跡の付かない人間なんて、いるわけがない。

この両方の事実から導き出される答えに、絢斗は息を呑んだ。

「ねえ、瀬ヶ崎くん」

「次ここな」

「その前に僕の話聞いて？」

「あ？　なんだよ」

ガラの悪い返事と共に襟を引っ張られて、必然的に首が絞まる。悔しいことに絢斗より
も怜のほうが頭半個分くらい背が高いので、つま先立ちになることで息苦しさから逃れた。

「あ、あのさ、君、実は人間じゃないとか、ある？」

「は？　どういう意味？」

「だ、だってほら！　足、ないじゃんっ」

正確には足跡がないのだが、動揺している絢斗には些細な間違いだ。

もし彼が人間でないというのなら、絢斗には腑に落ちることがたくさんある。足跡もそ
うだし、人に影響を与えるほどの霊力の強さもそうだ。

反面、絢斗はこれがどれほど間抜けな質問か理解もしていた。

だからそんなニヤついた顔で、頬いっぱいに空気を溜め込まないでほしいと絢斗は思う。

そんなに溜め込むくらいなら、思いきり噴き出してくれたほうがマシである。

「……笑いたいなら笑えば」

「ぶっ、ははははは！　ははっ、あはっ、ははははは！」

「それは笑いすぎじゃない⁉」

いくら誰もいない時間帯とはいえ、限度というものがある。

「なに？　くくっ。もしかして絢斗、足跡がないのは足がないから……つまり人間じゃないって考えたわけ？　俺のことを？　やばいなおまえ、発想が幼稚園児かよ。ウケる」

「ウケないよ！　こっちは真剣に考えたのにっ」

「はー、久々にこんな笑った。あの馬鹿より馬鹿がいたとか」

「だからっ――」

なおも反論しようとした絢斗の頭に、怜の腕がずしりと乗った。

必然的に俯くことになった絢斗の視界には、怜の足が映る。

「結界だよ」

「結界？」

「俺はおまえらと違って頭使ってんの。結界が防護壁の役割しかないと思ったら大間違いってこと」

そう言って、彼が靴の裏を見せてくる。そこには足の形に合わせた薄い結界が張られていた。

絢斗は唖然と怜を見上げた。そんな使い方があったなんて、まさに目からうろこである。

彼はしたり顔で絢斗の両頬を片手で摘まんだ。

「絢斗は面白い馬鹿だな」

「うれひくにゃい」

放してと彼の手を軽く叩く。

「そんでもって、たぶん、俺の一番嫌いな馬鹿だ」

トーンの落ちた声に、絢斗は肩をびくつかせた。サングラスが反射して、怜の表情がよく見えない。口元はまだ笑みの形を残していたけれど、先ほどと違って笑っていないことは雰囲気で察せられた。

「知ってるか？　馬鹿にも種類があってさ。前の奴は脳筋馬鹿だった。典型的な直情型な。でもおまえは違う。俺の嫌いなタイプの匂いがする」

今さらだけれど、怜と密着している状況に脳が危険信号を発し始める。どうにか彼の手から逃れようともがくのに、見た目より強い力で封じられてしまう。

「だっておまえ、俺のこと警戒してるだろ？　他の刑事とは違う意味で。なのにこんな簡単に接触を許すとか、おまえの根本が俺を警戒しきれてない証拠だ」

「警戒って、そんな……勘違いだよ」

怜が鼻で笑う。

「こんだけ怯えといてよく言うよ。他の奴らはさ、俺が厄介者だから警戒してるだけで、おまえみたいに怯えないし、俺の心配もしない。でもおまえは俺の体調を心配したり、こうして間合いを許したり、中途半端な態度が目立つ」

怜は絢斗の頬をぐにぐにと揉みながら。

「おまえ、相当なお人好しだろ？　誰にでもいい顔するタイプ」

「…………」

「俺、嫌いなんだよ。そういう奴が一番。嫌いだから、なんとなく匂いでわかる」

どん、と突然背中を押された。

前のめりに倒れそうになりながら三―二の教室に入ると、目の前に三―一の教室で視たものと同じ妖の残滓を視る。

「……っんで、ここにも⁉」

残滓のはずのそれは、しかしぎょろりと動かした目で絢斗を捉えた。

食い入るように絢斗を凝視すること数秒。ふっと、妖が興味をなくしたように絢斗から目を離す。

一歩、二歩。ゆっくりと後ずさりした絢斗は、三歩目で脱兎のごとく怜の許へ逃げた。

「おまえよくまだ俺の後ろに隠れられんね？」

言われて我に返る。もとはと言えば彼に背中を押されたのだ。味方のはずの彼に。でも、味方ではない彼に。

すす、と怜からも離れた。

そんな絢斗を一瞥して、怜は先を進む。順番に三組の教室を覗き、中に入ることなくまた次の教室へと向かう。

その背中を眺めながら、絢斗は小刻みに震える自分の手を握った。嫌いだと言った彼の声が、耳の奥で反響している。軽い感じを装ってはいたけれど、あの瞬間、彼の霊力が膨らんだのを感じた。仇敵に向ける殺気と遜色なかった。

（憎むほど、嫌いってこと？）

ただ嫌われるならいざ知らず、憎まれる覚えはない。なにせ彼とまともに会話したのは金曜日……いや、むしろ今日が初めてだ。

面と向かって嫌悪感を露わにする相手とは絢斗だって一緒にいたくはないけれど、本当に残念なことに、これは仕事である。

怜を追いかけるために、絢斗も歩き出した。

なるべく教室とは反対側の端を歩いていき、目を細めて教室の中を確認していく。三組、四組、五組。どの教室にも同じ妖の残滓があった。

突き当たりの空き教室の前で、怜が「ふーん」と愉しげに呟いていた。

「全部確認するぞ、絢斗」

そう言って、怜は六組と七組の間にある階段を上っていく。三年生は全部で七組まであるらしく、七組の教室内にも同じ残滓があることを確認した絢斗は、怜の後に続いた。

そうして二年、一年の順に全てのクラスを見回った感想は。

「なんか、気味悪い」

その ひと言に尽きた。

なぜなら、学年関係なしに、全ての教室に同じ妖の残滓が存在していたからだ。

「まるで監視してるみたい」

思ったことをそのまま漏らした絢斗の肩に、怜が腕を回す。

「それはちょっと違うな」

「っわ。なに。重い。何が違うの」

「おまえが教室に入ったとき、あいつ、おまえのことじっと見てたろ」

「そう、だね？」

まあ、そのあとすぐに興味をなくしたように離れていったけれど。

「それより、放してくれない？　僕のこと嫌いなんじゃなかったの？」

なんで嫌いな相手に自ら密着してくるのか、絢斗には理解できない。

それに絢斗としても、彼が自分を嫌うのは好都合でもあるのだ。秘密を暴かれる危険性があるため、近づかれるほうが困るのである。

「んー、まあ、そうなんだけど」

「えっ。おもっ。というか痛い痛い！」

怜が上から押さえつけるように腕に体重を乗せてくる。おかげで肩がどんどん下がっていく。なんなんだ、いったい。

「嫌いは嫌いなんだけどさぁ。んー？　なんでだ？」

「僕のほうが疑問だよ!?　もしかして嫌がらせ!?」

　全力で押し返しているのに、体重を乗せられる怜のほうが有利なのか、振り払えない。

「さーて、どうすっかなぁ」

「どうすっかなじゃないよ！　嫌いなら放っておいてよ！」

「違うって。今回の事件、霊の仕業じゃないかもなって話」

「え……そうなの？」

　いったん抵抗をやめて、絢斗は怜に聞き返す。

「でも瀬ヶ崎くん、最初は幽霊の仕業って言ってなかった？」

　だから絢斗は、教室にある妖の残滓は事件とは無関係だと思い、無視したのだ。

「断言はしてない。状況からしてそうだろうなって言ったんだよ」

「状況？　被害者の家で視た状況から判断したんじゃないの？」

「早とちりしてんなよ。俺が言ったのは、被害者が殺された状況。被害者の家で視たのは霊力の痕跡っつったろ。その耳は飾りか？　それとも記憶力が壊滅的か？」

　うっと喉に言葉が詰まる。確かに記憶を辿れば、怜の言うとおりだったかもしれない。

「そもそもの話、被害者の家で疑いのある霊を視てたらその場で捕まえてんだよ」

「た、確かに」

「おまえはなんのためにここに来たと思ってんだ」

　彼が正しすぎて、ぐうの音も出ない。

勝手な捜査ばかりしていると聞いていたので、いったいどれほど酷いのだろうと思っていたけれど、意外としっかり考えている彼に絢斗は自分が恥ずかしくなった。

ただ、一つだけ言い訳をするなら、事件の引継ぎもさせずにここに連れてきたのは怜だ。そのあたりは考慮してほしい。

「まあいい。とにかく、そんなおまえでも知ってると思うが、特異事案に怨恨が絡んでるなら、犯人が妖である可能性は限りなく低い。大抵が霊の仕業だと考える」

肯定するように頷いた。それは、妖と幽霊の性質に関係した話である。

実は妖と幽霊の違いは、姿形だけでなく、その性質にもあるのだ。幽霊は人間が未練を残して死んだ成れの果てであり、つまり恨み辛みの塊のようなものである。そのため、幽霊の起こす事件というのは、大概が生きていた頃の怨恨によるものだ。

一方で、妖にそういった恨みはない。

妖は人間と違って単純だ。ただ脅かしたい。怖がらせたい。殺したい。そういった目的はあれども、標的はいない。しいて言うなら人間が標的になるのだろうが、人間であれば誰でもいいのが妖である。

両者のこの違いは、業界に身を置く者なら誰もが知っていることだ。

だから怜は、今回の事件を幽霊の仕業だと推測したという。笠原めぐみも飯田夏紀も、自殺でないなら、怨恨で殺された可能性が高い。現場から金銭が奪われた話は聞いていないし、自宅で遺体が発見されたことから通り魔はありえない。友人同士が殺されたので、無差別の可能性も低い。怜の推測は一番ありえるものだった。

「ならなんで、妖だって思い直したの？」

「気配が同じだからだ」

「気配？　なんの気配と？」

「現場に残ってた気配と、教室の真ん中を陣取ってた妖の気配が。しかもあの残滓、ご丁寧に被害者二人のクラスだけ他よりも気配が濃かった」

それは絢斗も思った。さすがに被害者たちのクラスだけは横目に確認するわけにもいかず、中に入って調査した。けれど、残滓が濃い以外の発見は何もなかった。

「絢斗はあの妖、何か知ってるか？」

怜の質問に、絢斗は苦い顔で答える。

「縊鬼、だよね」

「そ。じゃあ縊鬼がどんな妖かも、当然知ってるよな？」

「人に取り憑いて、首を括らせる妖」

それは今回の被害者の死因と一致する。だから苦い顔をした。今回の事件が縊鬼の仕業なら、無差別にまた誰かが犠牲になるかもしれないからだ。

「じゃあ、今回の被害者二人が友人だったのは、単なる偶然ってこと？」

これは怜に質問したというよりは、ひとり言のようなものだった。

これまでの常識に当てはめれば、妖が関わるのは無差別事件である。少なくとも絢斗が特案に配属されて半年の間、一度もこの例外に当たったことはない。

「そうなると、縊鬼の本体を探すのが先？　でも幽霊の線も……」

どちらの犯行か、今の段階ではまだ決め手に欠ける。ような気がする。

ぶつぶつと声に出して事件を整理しながら、絢斗は歩き出した。学校は調べたので、決め手を得るためにも一度ちゃんと事件記録に目を通したいと思った。車に戻ればコピーがある。

「瀬ヶ崎くん、戻るよ。もう一回事件を洗い」

――直そう。と言い切る前に、後ろから伸びてきた大きな手に顎を掴まれて、無理やり上を向かされた。端整な顔が上下逆さまで視界に映る。

階段を下りようと足を踏み出したところだったので、遅れて命の危機を察した心臓がばくばくと暴れ出す。

そんな絢斗の心中など気にした様子もなく、怜が冷めた声音で言う。

「だからおまえは甘ちゃんなんだよ」

「え……？」

「俺言ったよな？　ちんたらしてるうちに、犠牲者が増えても知らねぇよって」

サングラス越しに見える彼の瞳が、鋭く光った気がした。

ぶるっと背筋が震える。もう何度目だろう、彼の溢れんばかりの霊力に襲われるのは。

たぶん、彼は怒っている。彼の感情が昂ぶったときに、よく霊力に当てられているような気がする。

だから絢斗は、怜の怒りを鎮めるべく、宥めるように答えた。

「あのね、瀬ヶ崎くん。僕だってそれはわかってるよ。なにもイタズラに捜査を引き延ばそうとしてるわけじゃ」

するとそのとき、ちょうど雲間から覗いた月明かりが、怜の顔を照らした。カラーサングラスのせいで見えにくかった彼の瞳が、曇りが取れたように顕わになる。何もかもを見透かすような、澄んだ琥珀色の瞳。

その瞳に、金の光が帯びる。まるで今夜の月明かりを写しとったみたいに。

それがあまりにもきれいで、幻想的で――母のものと重なってぞっとした。

「――ぅわっ!?」

動揺した絢斗はとうとうバランスを崩し、階段を転げ落ちていく。三階と二階の中間にある踊り場で止まると、背中と腰の痛みに呻いた。なんとか上体を起こす。引き寄せられるようにして見上げた視線の先で、怜の口元が弧を描いているのを目にした。

けれど、サングラスを外した彼の目は、全く笑ってなどいなかった。あまりに冷え冷えとしていて、冷たすぎて、逆に火傷しそうなほどの激情が宿っている。

ざざ、と嫌な記憶が蘇る。――自分を見下ろす金の瞳。執着するわりに非情な眼差し。

容赦なく振るわれる圧倒的な力。

瞬間的に痛んだ頭を片手で押さえながら、絢斗はもう一度怜を見返した。

彼は嗤っていた。

「なあ、絢斗。俺、こうも言ったよな？」

怜が右足を踏み出す。ゆっくりと階段を下りてくる。

「急がないと、おまえを殺すかもって」

また、嫌な記憶が脳内に過る。――絢斗を見下ろす酷薄な笑み。人間離れした美しさ。

そして息苦しいほど強大な、霊力。

その全てが絢斗のトラウマを刺激する。母を思い出す。意識して力を入れていないと、奥歯がカチカチと音を鳴らしそうだ。

ああ、だから嫌だったのに。瀬ヶ崎怜と関わるのは。

「おまえはさ、これが偶然なんて本当に思ってんの？　現場で視た霊力と教室の妖。二つの気配が同じなのに、あの妖が事件になんの関係もないと、本気で思ってんの？」

「それは……」

関係ないとは、思っていない。ただ、慎重に捜査を進めようとしただけだ。

怜はそれが気に食わないらしい。次の犯行を阻止するためというのも嘘ではないのだろうが、それだけではない何かを彼は抱えているように見える。

だから、これほど怒っている。

(違う。怒ってるっていうより、苛ついてる？)

階段を下りきった怜が、絢斗と同じ踊り場に足をつける。迷いなく絢斗の目の前までやってきて、視線を合わせるようにしゃがみ込んできた。

距離が近くなったぶん、彼の表情がよく見える。

背筋がぞっとするほどの冷笑を浮かべていた顔には、うっすらと汗も滲んでいた。

（そういえば瀬ヶ崎くん、体調、悪いんじゃ……）

心配した絢斗を咎めるように、怜が絢斗の前髪を鷲掴みにした。

「なに、他のこと考える余裕なんてあんの？」

「――ったい。放してっ」

「もう一度忠告する。俺に殺されたくなかったら早く事件の犯人は見つけたほうがいい。俺はおまえみたいな甘ちゃんが大っ嫌いだからさ、殺すのもきっと、あいつみたいに躊躇わないよ」

彼は絢斗を見ているようで、別の誰かを見ている。何を考えているのか全く理解できなくて混乱した。

（いつもこんな感じなの？）

だったら、先輩たちがさじを投げるのも納得だ。

彼の言動には一貫性がない。まっとうに事件の考察をするときもあれば、こうして道理の通らないような仕打ちもしてくる。振り回されるほうはたまったものではないだろう。

けれど、自分でも不思議なことに、絢斗はどうしてかそんな怜が気になって仕方ない。

何かが引っかかっている。それは彼が隠そうとして隠せていない、顔色の悪さゆえだろうか。

「おーい。いつまで座り込んでんの、絢斗」

掴まれていた前髪を持ち上げられて、痛みから逃げるように引っ張られるまま立ち上がった。

「ほら、自分の状況が理解できたなら、おまえは縊鬼と被害者の関連性について調べろ。常識なんて陳腐なもんを挟むなよ。人の悪意が絡めば妖だろうと意図を持った行動をする。ただそれだけの話だ。おまえは俺の言うことを聞いてさえいればいいんだよ」

横暴な発言には顔を顰めた。尽く人のトラウマを刺激する男である。

いつもの絢斗なら、おそらく「わかった」と口だけの了承を返しただろう。内心で何を思っていたって、本心を隠すことが世の上手な渡り方というものだ。

けれど、今は違う。今はだめだ。

いつものように頷いてはいけない言葉を、怜は口にしてしまった。

この言葉に頷いてしまったら、四年前、自分が全てを捨ててでも母の許を飛び出した意味をなくしてしまう。

記憶の中の母が囁く。

『あなたはわたしのモノです、絢斗。この母の言うことだけを聞きなさい』

――ああ、嫌だ。なんでみんな同じことを言うのだろう。自分は誰のものでもない。自分は自分だけのものだ。これだけは、どうしても譲れない。

「……だ」

「あ？　なんだって？」

「嫌だって、言った」

ましてや自分は、誰かの代わりでもないのに。

「僕には、僕の意思がある。君の言うことを聞く筋合いはないし、誰かの言うとおりに動くだけの人形でもない」

そうだ。自分は人形じゃない。心がある。

「僕は、君の」

そして母の。

「都合のいい、おもちゃなんかじゃない」

怜をキッと睨む。彼に母の面影を重ねて、あの日できなかった反論を返す。

「僕は僕なりに事件を捜査する。妖も幽霊もどちらも視野に入れる。確かに君の言うとおり、常識や前例に囚われて真実を見誤るのは違うと思うよ。でも、だからといって、すぐに決めつけて視野を狭めるのも危険だと思ってる。それが気に食わなくて僕を殺すなら、殺せばいい」

「……へぇ」

怜が目を眇める。立ち向かってくるはずもないと思っていた弱者に噛みつかれた、傲慢な強者の反応だった。

その代わり、と絢斗は続けて。

「僕だって、簡単には殺されないから！」

廊下に絢斗の宣言が響いた。怜が意外そうな顔で凝視してくる。

しばらく沈黙が二人を包んだが、我に返った絢斗がだんだん居たたまれなくなってきた頃、怜のほうが沈黙を破った。

「ふ、ははっ。それはいい。その弱い霊力でどこまでやれるか、見物だな」

「見物って……戦う前提で話さないでくれる？　君の事情は知らないけど、ようは早く事件を解決すれば問題ないんでしょ？」

「自信あるんだ？」

「自信はないけど、急がば回れって言うでしょ」

「巧遅は拙速に如かずとも言うけどな」

ああ言えばこう言う。伊達が怜にそう文句を言っていたことを思い出して、絢斗も今同じ文句を返したくなった。

すると、怜がようやく絢斗の前髪から手を放してくれる。また何かの拍子で掴まれないよう、すばやく彼から距離をとった。

「まあ、なんでもいいけどさ。簡単に殺されんなよ、絢斗。せめてモヤシからミントにならないと俺には勝てねぇからな」

「はい？　つまりミントみたくしぶとくなれって？」

雑草すら駆逐してしまうミントは、家庭菜園の敵だと聞いたことがある。ある先輩の奥さんはミントテロだと言って、先輩に「警察ならなんとかしなさいよ」と理不尽に迫ったとか。

「わかってんじゃん。いいね、そういうところはあの脳筋馬鹿と違って楽だわ。でも俺、簡単にやられるような弱い奴がやっぱり嫌いだからさ。気をつけろよ」

「あのねぇ、だったらそもそも、君がそんなことしなければいい話で――って聞いてる？　瀬ヶ崎くん」

大事な話をしているというのに、彼は自分の手を見つめながらおざなりな返事をする。

「んー……それよりさ」

「それより!?」

人のことを殺すとか物騒なことを言い出したのは彼なのに、途中で飽きたみたいな態度はさすがに許しがたい。

ひと目で怒ってますとわかるように目を吊り上げる絢斗を振り返って、怜が言う。

「おまえ、毛根も弱くね？」

「……え？」

怜の手のひらから、ぱらぱらと何かが落ちていく。それを視線で追うと、床に二、三本どころではない黒色の髪の毛が無惨にも散らばった。

「ははっ。ハゲたらごめんな？　絢斗」

まったく、少しも、悪いと思っていない調子で彼が笑う。

胃痛は公務災害に認定されるだろうかと、本気で泣きそうになった絢斗だった。

＊

翌日、出勤時間の十三時半よりだいぶ前に出勤した絢斗は、徹夜明けで死んでいる同僚を労りつつ、自席で今回の事件記録を読んでいた。

だいたい怜に教えてもらったとおりの内容で、いかに彼が要点をまとめてわかりやすく話してくれていたかを理解する。

傍若無人で強引な性格のわりには、的確な視点で事件を俯瞰しているのだから手に負えない。以前彼の担当をしていた先輩曰く、「勉強してなくて遊んでばっかりいるくせにテストの成績はいい奴並みに鼻につく」らしいが、なんとなくその気持ちがわかるような気がした。

（人の悪意か。妖なら無差別が常識だけど、でも確かに、昔は妖と契約して悪事を働いた人間もいるんだっけ）

この場合の昔というのは、それこそ陰陽師が職業として認められており、栄華を極めていた時代だ。あの時代は妖にとっても全盛期だったと言えよう。

もしその頃に生まれていたら、はたして自分はどちら側にいたのだろう。そんな詮ないことを考えてしまい、絢斗は頭を振って意識を事件に戻した。

捜査は地道な聞込みが基本だ。怜の推す犯人妖説であろうと、絢斗が可能性を捨てていない犯人幽霊説であろうと、確かめるべき要点は同じである。

腕時計で時刻を確認する。十二時半を過ぎたところだった。

事件記録を棚に戻した絢斗は、覆面パトカーの鍵を持って執務室を出る。

今日の午前中に電話したのに、相手方は快く十三時に会ってくれるとのことだった。ここから車で十分くらいの距離だが、遅れないよう早めに桜田門を発つ。

そうして再び四谷高校を訪れた絢斗は、正門近くのフェンスに背中を預けて立つ、派手なシャツに派手なサングラスをかけた男を見つけてしまった。

不審者として通報されないのは、彼が治安の悪い格好を凌駕するほど人並み外れた美貌を持っているからだろうか。そこらへんのモデルにも負けないくらい顔が小さく、足が長い。道行く人が彼へ視線を向けているのは明白で、絢斗は八つ当たりのように内心で「みんな不審者は通報して！」と文句を垂れた。

人の視線など慣れた様子で無視しながらスマホをいじる怜に、絢斗はわざとらしくため息を吐いてみせる。

「どうやって僕がここに来るのわかったの？」

怜がスマホ画面から顔を上げて、得意げに口角を上げた。

「脳筋馬鹿」

ああ、と絢斗は目頭を押さえる。そういえば徹夜明けで死んでたな、と。ここに来る前に労った同僚を思い出し、少しだけ労るんじゃなかったと後悔した。

校内に入ろうとする絢斗の隣を、怜が並んで歩く。

「言っとくけど、脳筋馬鹿だけじゃねぇから。使える駒は他にもあるぞ」

「駒って……。というか、ちゃっかりついてくるんだね」

予想はしていたけれど、もう振り払う気力もない。

「こっちは誰かさんがおっそい捜査する気満々なせいで、自分で縊鬼を見つけなきゃいけねぇからな」

「いや、僕だって別にわざと遅くしてるわけじゃないんだけど」

小声で反論しつつ、来客用の正面玄関で靴を脱ぐ。窓口で名前と用件を伝えるよう教えてもらっていたので、玄関横にある小さなカウンター窓口で自分の名前と小野寺先生を訪ねてきた旨を伝えた。

受け付けてくれた三十代くらいの女性職員が奥に引っ込んでいる間、絢斗は怜に少しだけ気になったことを訊ねた。

「そういえば君、大学は？　今日平日だよ？」

「一日くらい問題ねぇ」

「……それならいいけど」

絢斗は高校を卒業してすぐ警察官になったため、大学には通っていない。そのため、怜にこう言われてしまったらそういうものなのかと納得するほかなかった。あわよくば今からでも帰ってくれないかなと企んでみたのだが、残念だ。

昨夜、心に決めたとおりに薬局で胃薬は入手したけれど、まさか翌日に使う羽目になろうとは思うまい。しかも絢斗が入手できた胃薬は、服用後の運転は控えるよう注意書きされているものなので、今は飲めない。何も起きませんように、と祈るこの時点で胃がキリキリしそうな気配を感じて泣きたくなった。

それからほどなくして、先ほど窓口越しに会話した女性がやってきて、こちらへどうぞと案内してくれる。応接室と書かれた部屋の扉を女性がノックすると、中から応える声があり、促されるまま入室した。案内してくれた女性はここでお役御免のようだ。

中で絢斗と怜を出迎えてくれたのは、四十代半ばの女性だった。薄めのニットとスカートをカジュアルに着こなした、穏やかそうな人である。

木製テーブルを挟むように配置された革張りのソファの前に立ち、彼女が一礼する。

「笠原さんと飯田さんの担任をしていた、小野寺聡子（おのでらさとこ）と申します」

「警視庁捜査一課の桜庭です。本日は急にもかかわらずお時間をいただきありがとうございます」

絢斗は警察手帳を開いて見せる。

続いて怜に視線を移して。

「彼は特別捜査員の瀬ヶ崎です。本日は彼も同席させていただきますが、よろしいでしょうか？」

ここで確認をとるのは、アポイントメントをとる際、絢斗一人で行くと伝えていたからだ。

絢斗は怜に特別捜査員証を見せるよう肘でつつくが、彼は小野寺に興味なんてなさそうにふらりと奥へ進む。その行動にぴくりと眉を上げた絢斗は、無理やり怜の腕を掴んで彼のポケットを漁った。彼は普段から鞄を持たないのか、そこ以外に捜査員証を保持する場所はない。

「絢斗てめっ」

「出し惜しみする意味ないでしょ！」

すぐに見つけた警察手帳と変わらない見た目の、けれど手帳を開いた記章の上に金字で『特別捜査員』と書かれたものを小野寺に見せる。

「というわけで、彼もちゃんと警察の人間ですので、ご安心ください」

絢斗は今の一悶着を誤魔化すようにへらりと笑った。小野寺は呆気にとられた顔でぽかんとしていたが、入室したときから彼女が怜を不審げに見ていたのには気づいている。

まあ、それもそうだろう。絢斗が小野寺の立場でも同じように思う。カラーサングラスをかけた派手な髪色の男なんて、張込み時の変装を除けば本職の刑事にはまずいない。柄の悪いチンピラか休日のホストと言われたほうがまだしっくりくる。

絢斗から手帳を奪い返した怜は、舌打ちを残して部屋の奥へと行ってしまう。壁にずらりと貼られた掲示物が気になるらしい。学校行事のときに撮ったであろう写真がたくさんある。体育祭、文化祭、修学旅行。装飾された見出しと共に並んでいる。

「それは校長の手作りでして。直近の学校行事の写真を飾っているんですよ。お客様に学校の雰囲気を知ってもらうために」

「校長先生の。それは素敵ですね」

「どうぞおかけになってください」

　小野寺が絢斗を促す。お言葉に甘えてソファに浅く腰掛けるが、怜は掲示物の前から離れる様子はない。

「ではさっそくで恐縮ですが、本題に入らせてください。まず被害者二人について、小野寺先生から見て二人はどういった生徒でしたか？」

「そうですね。以前他の警察の方にもお話ししましたが、二人とも明るくて活発な子でした。行事にも積極的で」

「二人は部活動もやっていたそうですね」

「ええ、吹奏楽部です」

「二人とも同じ部活だなんて、本当に仲が良かったんですね」

　絢斗がそう言うと、小野寺が眉を下げて微笑んだ。

「というより、部活で仲良くなったみたいですよ。二人ともクラリネットで、パートが同じだったのをきっかけに意気投合したようです。よく一緒に部活に行く姿を見ました」

「そうだったんですか。部活では他に仲のいい生徒はいましたか？」

「申し訳ありません。私は顧問ではないので、そこまでは……」

それもそうか、と絢斗は質問を変える。

「では、普段の生活ではどうでしたか？　他に仲のいい友人など」

「そうですね……特に思い当たる生徒はいません。教室ではいつも二人でしたから」

ここまでは事件記録を読んだ内容と変わりない。

「では逆に、こういった聞き方で申し訳ありませんが、二人とトラブルを抱えていそうな人物に心当たりはありますか？　どちらか片方でも構いませんし、最近のことでなくても」

小野寺がじっと絢斗を見つめてくる。まるでこちらの真意を覗こうとするように。

ややあって、彼女が首を横に振った。

「いえ、特に心当たりはありません。少なくとも、私は、ですけれど」

「そうですか」

さてどうしたものかと、絢斗は胸の内で唸る。

二人を恨んでいるような人物がいないことも、事件記録には載っていた。けれど、今回の事件の犯人が幽霊であれ、怜の言うような人の悪意をもとに動く妖であれ、その背景には被害者二人を恨む存在がいるはずなのだ。

なのに、その影が全く見えないというのは変な話である。

（瀬ヶ崎くんが感じとった霊力が、そもそも今回の事件には関係のないものだった？）

そんな馬鹿な、とすぐに否定する。被害者二人ともの現場に同じ霊力が残っているなんて、関連性を疑わずにはいられない。

これは間違いなく、特異事案だとは思う。

教室に残滓だけ残していた縊鬼のことも、その気配が現場で感じとったものと同じなら、関係ないとは思わない。

だから両方の線から攻められるよう、まずは二人を恨むような存在がいないか探りを入れたくて聴取に来たが、これ以上小野寺から情報を得られる気がしない。

（はたして本当に知らないのか。もしくは知っていながら隠しているのか）

彼女の証言は初動捜査時から一貫している。深いことを訊こうとすると、知らないの一点張りだ。事件記録を読んだとき、絢斗はそれがなんとなく気になった。

一応これも確かめてみるかと、口を開く。

「ところで、この学校は副担任の先生が各クラスにいるそうですね？　確か、笠原さんたちのクラスには岡本先生という方が」

「ええ。岡本が何か？」

「その岡本先生からお話を伺うことは可能ですか？」

「申し訳ございません。岡本は今回のショックでしばらく休暇を取っております。それに岡本は副担任ですので、あまり生徒のことは把握していないでしょう。ですので、ご質問は私へお願いいたします」

少しだけ上擦った声。早くなった口調。わずかに逸らされた視線。

なるほど、と絢斗は思った。やはり副担任から話を訊こうとすると断るらしい。これも一貫している。

今回の事件を他殺だと言い張った例の所轄の刑事は、小野寺のこの様子を不審に思い、他の教師に小野寺と岡本のことを聞いて回った。が、特に有力な証言は得られなかったという。

岡本の自宅にも一応行ったようだが、ついぞ接触はできなかったそうだ。

（じゃあ、教師に当たっても意味はなさそうだな）

絢斗が思案していると、小野寺が探るような上目遣いを向けてきた。

「あの、やはり今回の件は、自殺ではないのでしょうか？」

「やはり、というのは？」

「いえ、自殺にしては、やたらと警察の方に色々訊かれるなと思ったものですから」

取り繕うように眉を下げた小野寺を、絢斗は不思議な思いで観察する。

この言葉が適切かはわからないけれど、自殺ではないのかと訊ねてきた小野寺からは、どことなく焦りのようなものが漂ってきた。

――他殺だと、困ることがある？

ますます小野寺に不審感を募らせたとき、背後から頭上に何かがのしかかってきた。

「なあ、この女、誰？」

考えるまでもなく犯人は怜だ。彼が体重をかけるように絢斗の背中に乗ってきたせいで、絢斗は自分の太ももを無駄に見つめる羽目になっている。

戸惑った様子で小野寺が返した。

「え、っと、その子が何か？」

「訊いてんのはこっち。あんたは質問にだけ答えて」

相手が誰だろうと変わらないその傍若無人な態度には、ぎょっとするどころではない。絢斗は勢いよく身を起こして怜から逃れると、彼を振り返って注意した。

「瀬ヶ崎くん！　あのねぇ、人には物を訊く態度っていうものが」

「絢斗うるさい。今は引っ込んでろ」

ぐいっと、無理やり顔を横に倒される。そのとき頬に触れた怜の手が冷たすぎて、絢斗は思わず変な声を出した。まるで冷水にでも浸かっていたような手だ。

それに驚いている間にも、怜は小野寺に一枚の写真を見せながら迫っていた。写真は掲示物を剥がしたもののようで、体操服姿の生徒が数人写っている。体育祭の写真らしい。ピントの合っている手前の生徒に見覚えはない。けれど、よく見れば、背景に被害者二人が写っていた。

怜が指で差しているのは、その二人と一緒にいる、栗色の髪をポニーテールに結んだ女子生徒だ。

「あんたが知らないって言うなら、生徒に突撃するだけだけど？」

観念したように小野寺が答える。

「……その子は、私のクラスの子で、松本由奈さんです」

「今どこにいる？　教室？」

「授業中ですので、はい」

小野寺から回答をもらうや否や、怜が部屋を出て行こうとした。

絢斗は嫌な予感を覚えて、すかさず彼の腕を掴む。

「ねえ、どこに行こうとしてるの」

「松本由奈のとこ」

「話聞いてた⁉　今は授業中！　さすがにだめだよ！」

やっぱりかと渋面になる。事件の捜査だからといって、なんでもやっていいわけではないのだ。むしろ権力を持つ警察だからこそ、慎重に捜査しなければ誰かの人生を狂わせてしまうこともある。

授業中のクラスに突然押し入って事情聴取なんてすれば、他の生徒はどう思うだろう。ただ話を聞くだけだとしても、注目を浴び、余計な臆測を他の生徒たちに与えてしまいかねない。まだ参考人にすらなり得るかもわからない生徒を、そんな針の筵のような目に遭わせるわけにはいかないのだ。

しかも相手は未成年であり、なおのこと慎重を要する。

「あの、いくら警察の方といっても、あまり生徒を刺激しないでいただきたいのですが」

「もちろんわかってます。ほら瀬ヶ崎くん、写真を元の場所に戻して。勝手に剥がすのも普通はだめなんだからね」

　小声で叱ると、掴んだ腕を振り払われた。鋭く睨まれるのと同時に、先ほど感じた彼の手のように冷たい霊力をぶつけられる。

（まただ。なんでこんな）

　と、油断した隙に。

「瀬ヶ崎くん!?　ちょっ、待って、行かないでぇぇ！」

　諦めていなかった怜が扉を開けた。咄嗟に羽交い締めで彼を止めるが、彼は彼で本気で抵抗してくる。

「ふざっけんな絢斗！　時間っ、ねぇって、言ってんだろうがっ」

「それとこれとは別でしょ！」

「てめぇそんなに俺に殺されたいのか!?」

「誰もそんなこと言ってないよね!?　せめて授業中はやめて！　休憩時間とか！」

　絢斗は怜を押さえながら小野寺を振り返った。

「小野寺先生、それならいいですよね!?」

「え!?　あ、はいっ」

　さすがの小野寺も二人の攻防には動揺したのか、渋りそうだと思っていた特定の生徒への接触を案外簡単に許してくれた。こういうのを怪我の功名とでも言うのかもしれない。

「ほら、許可出たから。今は待って」

怜は舌打ちするものの、もう応接室を出て行こうとはしなかった。代わりに自分の手を見つめて、怪訝そうに眉根を寄せている。

絢斗はこの間に小野寺と段取りを調整しようと思ったのに、その絢斗の顔を、また怜が掴んでくる。

「今度は何っ⁉」

まだ文句でもあるのだろうか。でも、怜自身疑問符を浮かべながら絢斗を凝視してくるので、互いに訳がわからないといった様子で膠着した。

なんでだ？　と怜は一人呟いているが、それはこっちのセリフである。

（……あれ？）

そのとき絢斗は、ふいに気づくことがあった。頬に食い込んでいる彼の指が、だんだんと人間らしい温かさを取り戻していくのだ。まるで絢斗の体温が移ったみたいに。これには「まさか特殊な術か何かで生気を奪われてる？」と少しだけ焦る。なにせ、普段から絢斗を殺すと言って憚らない彼だから。

抵抗して怜の手を何度も叩くと、やっと解放された。

彼の謎の行動はもうこの際措いておくとして、絢斗は小野寺に向き直る。

「では小野寺先生、松本由奈さんでしたか。放課後に彼女と話せる機会を作っていただければと思いますので、よろしくお願いします」

放課後まで応接室で待機となった絢斗と怜だが、異様なくらいスピード解決にこだわっている怜が、まさかじっとしているはずもなく。

午後イチの授業終了のチャイムが鳴ると、そのときちょうど掲示板の写真を眺めていた絢斗のお尻を蹴ってきた。

小野寺は授業があるためすでに離席しており、応接室には二人しかいない。

お尻をさすりながら抗議する絢斗に、怜は自分の代わりに生徒への聞込みに行ってこいと脅してきた。つまり、自分に勝手な捜査をさせたくないならおまえが行け、というわけである。

まあ、絢斗もちょうど生徒に訊きたいことがあったので、やぶさかではない。

ソファで無遠慮に横になる怜を横目に、絢斗は彼が応接室から出ないことを条件にこっそりと聞込みへ向かった。小野寺にバレたら怒られるだろうなとは思うものの、ようはバレなければいいのだ。

そんな閑話休題を経てからの、待ちに待った放課後。

応接室で待機していた絢斗と怜の許に、小野寺が一人の女子生徒を連れてくる。

写真の彼女はポニーテールだったが、今は栗色の髪を下ろしていた。それでも、写真の彼女と同一人物だと雰囲気でわかる。

ただ、写真はピントが合っていなかった上に、小さく写り込んでいただけだったので、目の前にいる彼女の派手なメイクには驚いた。今の女子高校生はこんなに大人っぽいのかという感想を抱きつつ、絢斗は自分の口端がひくつくのを無視できない。

それは派手なメイクのせいではなく、由奈に憑く縊鬼の残滓のせいだ。当然怜も気づいたらしく、絢斗の横で「ははっ」と愉快そうに笑っている。いや、なんで笑えるのか謎でしかないけれど。

しかも彼女に憑いている縊鬼の残滓は、昨夜視たどの残滓よりも気配が濃い。まるで由奈を監視するように目を光らせている姿には、さすがの絢斗も気味が悪くなる。

絢斗と怜が並んで座るソファの対面に、小野寺と由奈が座った。

「えーと、初めまして。警視庁捜査一課の桜庭です。彼は特別捜査員の瀬ヶ崎です。松本由奈さん、で合ってるかな？」

なるべく由奈に憑いている縊鬼を直視しないよう、絢斗はやや視線を下に逸らしながら確認する。

由奈は突然の刑事との対面にもかかわらず、意外と落ち着いていた。ここに来るまでに小野寺からある程度の説明はされたのかもしれない。

「合ってるけど、刑事さんがなんの用ですか？　言っとくけど私、ユーリョクな情報なんて持ってないからね」

言いながら、彼女はちらちらと怜の方に目線をやる。気持ちはわかる。一人は刑事然としたスーツ姿なのに、一人はとても刑事には見えない派手な見た目の男だ。丸いカラーサングラスが胡散臭くもある。

しかしここで愛想を振りまけるような男なら、特案で問題児なんて呼ばれていない。怜は由奈の視線なんて気にした様子もなく、ソファの背もたれに深く背中を預けて横柄に腕と足を組んでいた。

絢斗は由奈の意識を自分に戻そうと、努めて声量を上げる。

「そんなに構えないで。ちょっと質問するだけだから。それと、こっちのお兄さんのことは気にしなくていいからね」

絢斗がそう言うと、

「ふっ。お兄さんって。小学生相手じゃねぇんだから」

怜が嘲るように鼻を鳴らす。

彼の太ももを軽く叩いて、絢斗は続けた。

「訊きたいのは、笠原めぐみさんと飯田夏紀さんのことなんだ。君は二人と友だちだったのかな？」

すると、横に座っている小野寺が助け船を出すように口を挟んだ。

「さっきも言ったけど、言いたくないことは言わなくていいのよ」

「別に、隠すようなこともないです。友だちだったけど、最近は別行動してたって感じ」

「喧嘩したの？」

「喧嘩っていうか、私が二人から離れただけ。だってついていけなくなったんだもん。あの二人、いっつも部活のこと話してて、私だけ部活違うし、話してても面白くなかったから」

「そう。君は部活は？」

「やってない」

絢斗が慎重に質問を重ねるなか、隣の怜が苛ついている空気が伝わってくる。

絢斗が回りくどい聞き方をしているのは、ひとえに由奈の心情を慮ってのことだ。こういうなんでもない態度をとっていても、やはり身近な人間を亡くしている場合、本人も気づかないうちに精神的に参っている可能性がある。

だというのに、痺れを切らした怜が絢斗の苦労を無駄にするように直球を投げ込んだ。

「笠原めぐみと飯田夏紀、そしてあんたを含めた三人に恨みを持つような人物に心当たりは？」

「瀬ヶ崎くん！」

由奈はぽかんと口を開けている。彼女の隣にいる小野寺も同様の反応をしていたが、こちらはすぐに回復してやや声を荒らげた。

「なんてことを訊くんですか。無神経ですよ！」

「本当にすみません！　瀬ヶ崎くん謝って」

「無神経より自分の命だろうが。おい、松本由奈。自分の命が惜しかったら答えろ」

「それ脅迫！」

だめだ。これ以上彼を由奈の前に置いておくわけにはいかない。

絢斗が怜を応接室から追い出そうとしたとき。

「――によっ。なんでみんな、私ばっかり……っ。こそこそ指差してさぁっ。私なんて無視しただけじゃん！　めぐみや夏紀ほど酷いことしてない！」

「松本さんっ」

　小野寺の制止を振り切って由奈が応接室を出て行く。彼女の後を追いかけようとした小野寺が、部屋を出る直前に絢斗たちを振り返ってきた。

「申し訳ありませんが、お引き取りください。それと、今後は彼女への事情聴取はご遠慮願います」

　最後に一礼して、小野寺もいなくなる。取り残された絢斗は額を押さえて項垂れた。

「どうすんのこれぇ。もう二度と話聞けないよ……」

　しかし怜はまったく打撃を食らっていないのか、むしろ心の底から溢れ出す笑いを抑えられないような極悪顔をした。

　絢斗はドン引きしながら怜を見上げる。

「なに、怖いよ。なにその笑顔」

「絢斗、こっからは別行動だ」

「え？　させると思う？」

　怜を一人で捜査させるなんて、恐ろしくてできるわけがない。本気で胃に穴が開く。

「おまえは他の生徒から聞いたあっちに行くんだろ？」

「そうだけど……」

「俺は松本由奈を監視する。縊鬼の気配がまた濃くなった」

「それってどういうこと？　縊鬼が松本さんを襲うかもしれないってこと？」

だったら自分も由奈を護衛したほうがいいのでは、と思った。対妖や幽霊との戦闘ではなんの役にも立たない絢斗だが、怜が縊鬼を相手にしている間、由奈を保護する役目が必要だろう。

「じゃあ僕も……」

「おまえは犯人が妖じゃないって思ってんだろ？　だったら邪魔だから来んな」

「違うよっ。両方の線を捨てるには早いって言ったんだよ。でも幽霊の線は薄いって、生徒への聞込みでわかったし。それに、もし縊鬼が今回の事件と関係なかったとしても、襲われるかもしれない人が目の前にいて見過ごせるわけないでしょ？」

絢斗を見つめる怜の瞳から、すぅと光が消えていく。背筋に氷塊が滑り落ちる。ああ怒ってるな瀬ヶ崎くん、とわかるのは、もう何度もこの冷たい霊力をぶつけられているからだ。

「俺、おまえみたいな甘ちゃんが嫌いって、言ったと思うんだけど」

「今の何が甘ちゃんになるの？」

「そのクソみたいな偽善だよ。ヒーローのつもりか？　困ってる人を放っておけないって？」

「……じゃあ逆に訊くけど、目の前で殺されそうになってる人がいて、瀬ヶ崎くんは見捨てられるの？」

すると、怜は。

「見捨てる。そいつが俺にとってどうでもいい奴ならな」

ばっさりと言い切った。これにはさすがの絢斗も息を呑む。少しの躊躇いもなかった。

そこでようやく気づく。瀬ヶ崎怜という人間は、自分の理解が及ぶ範囲にいない人間なのだと。

だって絢斗には無理だ。見捨てる選択肢なんてない。それは怜の言うようなヒーローを気取っているからではない。警察官だから、という理由もあるにはあるけれど、一番は、強迫観念じみた思いが記憶の底で燻っているからだ。

母の過干渉が過熱した、八歳の頃。母がそうなったきっかけの事件がある。絢斗はその事件を通して人間の脆弱さを知った。壊す恐怖を知った。

だから見捨てられない。見捨てたくないのではなく、見捨てられないのだ。

はあ、と怜が嘆息する。

「おまえ本当に面倒くさい。これまでの担当者の中でダントツに」

絢斗だってこんなに協調性のない協力者は初めてだ。問題ばかり起こして、正直すぐにでもチームを解散したいくらいである。

「そんなこと言っても、ついてくからね」

「だったらおまえがあっちに行きたくなるように言ってやるよ。松本由奈にこれ以上恐怖心を与えず、事件を未然に防ぐためには、縊鬼を見つけるのを優先すべきなんじゃねぇの、おまわり（ヒーロー）さん？」

ぐっと奥歯を噛みしめた。なるほど確かに、彼の言うことも一理ある。

今由奈に憑いている縊鬼はただの残滓だ。本体ではない。しかも縊鬼がいつ彼女を襲うかわからない今の状況で、二人とも由奈の警護に当たるのは非効率的である。

その点、絢斗がこのあと向かおうとしていたのは、被害者二人にいじめられていたらしいとの証言を得た人物のところだ。

その生徒は、ここ最近学校を休んでいるらしい。授業と授業の間の休憩時間を使って生徒に聞込みをした絢斗は、今回の事件の重要参考人になり得る生徒の情報を入手した。

『――え、はい。確かに吹部ですけど。でも私、飯田さんたちとはパートが違ったから、あんまり詳しいことは……』

なるべく生徒に威圧感を与えないよう、絢斗はスーツの上着を脱いで、物腰柔らかく訊ねた。

『なんでもいいよ。君から見た二人のこととか。二人は何か大きな悩みでも抱えてたのかな？』

『いや～、そんなのなさそうでしたけど。むしろ人いじめてストレス発散してたんじゃないですか？』

『いじめ？』

『あっ、いえ、いじめっていうか、なんていうか』

焦る生徒に向けて、絢斗は努めて優しく微笑む。

『大丈夫。ここだけの話にするから。教えてくれる？』

やや逡巡して、彼女が続けた。

『私が言ったって言わないでくださいね？　なんかよくわかんないけど、先生たち、あんまりこのこと話さないよう釘刺してくる雰囲気があるから』

『もちろん約束するよ。守秘義務があるからね』

『……実はあの二人、気に入らない子によく嫌がらせするんです。それも一人とかじゃなくて、常に誰かと喧嘩してなきゃ気が済まないのかなって感じで。だからクラパートは、よくギスギスしてて』

『じゃあ、二人のターゲットになった子、結構いるんじゃない？』

『二年のクラはほぼ全員。最近だと、確か六組の佐伯さんだったかな。クラの子の話だと、たぶんそのせいで学校に来てないらしくて』

『それなら、二人が自殺って、あんまり現実味ないね？』

絢斗が何気なしに振ると、力強い返事があった。

『絶対ないですよ』

また別の生徒二人からは。

『佐伯さんですか？　あー、青木くんと付き合うようになって、そのせいで松本さんと仲悪くなったんだっけ？』

『違うよ。松本さんが一方的に嫉妬して無視してるんだよ。あれはちょっとかわいそうだった』

『でも松本さん、二年になってから変わったよね。あの二人の影響だと思うけど』

前は違ったの？　と絢斗が挟むと。

『前は普通だったけど、佐伯さんとクラス離れて、あの二人といるようになってから髪染めたり、ばっちりメイクしたり、付き合いにくくなったよね』

『そうそう。まあ、クラスに他に仲いい子ができなかったみたいだし、頑張って合わせてたんじゃないかなぁ』


被害者二人に関しては言い淀む生徒も、佐伯遥香という生徒については簡単に教えてくれた。そのため絢斗は、このあと彼女の家を訪ねるつもりでいたのだ。彼女が一番二人を恨んでいる可能性が高いと判断したために。

そして被害者二人を恨んでいる人間が生きている以上、絢斗が最後まで捨てなかった犯人幽霊説はほぼ消えたと言っていい。被害者を恨みながら死なない限り、幽霊が事件を起こすことはないからだ。

そしてこの聞込みで、もう一つ判明したことがある。それは小野寺の態度の理由だ。

深く聞き込もうとすると知らぬ存ぜぬを突き通したり、副担任の聴取を嫌がったりしたのは、おそらく被害者二人が行っていたいじめの事実を隠蔽するためだ。というより、学校側が表沙汰にしない方針を決めたのだろう。

ある生徒の話だと、副担任は被害者二人の目に余る行為には、毅然と注意していたらしい。そんな正義感溢れる副担任では、学校の不利益になることも話してしまうかもしれない。そう考えて警察とは接触させないようにしていた。そりゃあ所轄の刑事がいくら教師に聞き込んでも情報を得られないわけである。

二人が自殺でないかもしれないと知って小野寺が焦ったのも、いじめを行っていた誰かの復讐かもしれないと考えたからだろう。もしそうだったら、いじめを止められなかった学校側の、特に担任の小野寺の責任は重いと恐怖した。なんとも気分の悪い話ではあるけれど、人が自分の保身に走ることはよくあることだ。

いずれにせよ、犯人は人の悪意を糧にした縊鬼(あやかし)である可能性が高くなった。

そのため、どのみち佐伯遥香には会っておかなければならないのだ。

絢斗はお腹を押さえながら決断する。

「――わかった。別行動しよう」

このたった二言を口から出すだけで、胃がキリキリと痛む。

勝ち誇ったように口角を上げた怜に、絢斗は「でも！」と続けた。

「交換条件があります！」

「は？　交換条件？　ふざけてんのか？」

「ふざけてないよっ。交換条件その一、松本さんの命を最優先にすること！」

「ふざけてんじゃん」

「交換条件その二、縊鬼が現れたらすぐに僕に連絡すること！」

「クソめんど」

「交換条件その三！」

「まだあんのかよ」

「あるよ。――君も、無理をしないこと」

怜が目を瞠る。けれど、すぐに警戒するような目つきに変わった。

「そこは『勝手な捜査はするな』じゃねぇの？」

「うっ。それは前提条件でお願いしたいんだけど……。でも三つ目の条件はそれだよ。君、平気そうにしてるけど、実はまだ体調悪いでしょ？　風邪？」

「うっせ。おまえに関係ないだろ」

彼は悪態をつかないと息ができない人種なのだろうか。絢斗はズボンのポケットに忍ばせている手帳を一ページ破ると、そこに公用スマホの番号を書いて渡した。

「いい？　絶対だよ！　報連相！　破ったら……」

「破ったら？」

怜が面白がるように首を傾ける。どうしよう、と絢斗は悩んだ。普通ならここで「チーム解消」とか「捜査に参加させない」とかになるのだろうが、チームの解消はむしろしたいし、捜査に怜を参加させないと困るのは絢斗のほうである。怜もそれがわかっているから、面白がりつつ大人しく絢斗の言葉を待っているのだろう。

伊達に言いつける、というのは、なんだか子どもっぽくて言いたくない。

悩んだ末、

「守っ・た・ら・、何か奢ってあげる！」

と答えて、絢斗は先に応接室を後にした。

だから、一人残った怜が揶揄い交じりの笑みを引っ込めて感情の窺えない顔で絢斗の消えた扉を見つめていたことを、絢斗は知る由もなかった。

絢斗が佐伯遥香の自宅に着く頃には、もう太陽は地平線の下に沈んでいた。ここから先は闇の時間。妖や幽霊が闊歩する、夜の世界だ。

だから特案の就業時間は、通常より遅く設定されている。絢斗が配属されるずっと前には交代勤務もあったようだが、少ない人数で交代を回すのが難しくなり、今の十三時半から二十二時十五分に落ち着いたらしい。

絢斗は佐伯遥香の担任から聞いた住所と表札を交互に見やり、ここが確かに彼女の自宅であることを確認する。

この辺りは住宅街のようで、どこからか漂う魚を焼いたような匂いに、昼からまともに何も入れていない腹が鳴りそうだった。

ただ、呑気にお腹が空いたなと思えないのは、佐伯家から漂ってくる異様な気配を感じとっているからだ。

二階建ての白を基調としたおしゃれな外観の家だが、視える絢斗からすれば妖の巣窟にしか見えない。それだけ濃い妖の気配がある。そしてそれは、学校の教室で視た縊鬼のものと同じだった。

（これは、佐伯遥香でほぼ確定かなぁ）

絢斗は恐怖で泣きたい衝動をなんとか堪えて、気合を入れるために頬を叩いた。

縊鬼の気配を感じていても、本体がここにいる確証がないことには始まらない。実はまた残滓でした、なんてオチは避けたいところである。

（本体を現認したら瀬ヶ崎くんに連絡しよ。呼びたくないけど。とっても呼びたくないけど、すぐに来てもらおう）

だって絢斗では妖を捕まえられない。怜の力を借りるしかないのだ。

（よし。じゃあ今日は、無難にクラスメイトでいいかな）

絢斗は厳重に隠していた秘密の箱を開けるように、己の中にある力をそっと解放した。

すると、見る見るうちに細身の男の身体が丸みを帯び、華奢になっていき、一七三センチあった身長が一五五センチほどにまで縮んでいく。

墨汁をぶちまけたようなべったりとした黒髪は、もう少し柔らかみのある黒色に。

量販店で買った安物のスーツは、四谷高校の制服に。

そうして絢斗は、どこからどう見ても女子高校生へと変貌を遂げる。

慣れないスカートのせいか、はたまた夜はまだ少し冷え込むせいか、絢斗は寒気に身を震わせながらインターホンを押した。

「はい、どちら様でしょうか？」

「夜分にすみません。私、佐伯さんと同じクラスで、先生から頼まれたプリントを持ってきたのですが」

「あら。それはありがとう。ちょっと待っててね」

なんの疑いもなく玄関を開けて迎えてくれる遥香の母親に、ちょっとだけ良心が痛む。

しかし見知らぬ男が突然訪ねれば不審者だし、警察がいきなり行けば警戒されるだけだ。背に腹はかえられない。

せっかくなら遥香に会っていきたいという絢斗の願いを、彼女の母親は快く承諾してくれた。

「ただね、部屋から出てきてくれるか……。今は私たちとも顔を合わせてくれなくて。もしそうなっても、嫌わないであげてね」

二階へ続く階段を上りながら、母親が言う。

絢斗は遥香のクラスメイトを演じて微笑んだ。と同時に、内心では安心もしていた。

遥香の引きこもる理由を母親が知っているかどうかはわからないが、彼女は自分の娘をちゃんと心配している。

それを当たり前だと思うのが世の大半の意見だが、一方で、世の中にはそうでない家庭もある。

絢斗は警察官としてそんな家庭をいくつも見てきた。人間だって善人だけではないのだと、身をもって経験してきた。世の中には子を厭う親がいて、親を憎む子がいる。

自分はどうだろうと、他人事のように思う。

二階には三つ部屋があるらしく、廊下の左右と突き当たりに扉がある。そのうち右にある扉前で止まると、母親がノックした。

「遥香、今大丈夫？　お友だちが来てくれたわよ」

中から返事はない。母親はすでに諦めたように肩を落とす。もうずっとこんな調子なのだろうと窺わせる反応だ。

絢斗は遠慮がちに口を開いた。

「あの、もしよかったら、二人だけにしてもらえませんか？　友だち同士なら話せることもあるかもしれません」

遥香の母親は少し悩む素振りを見せたが、

「そうね。そういうこともあるわよね。じゃあ、何かあったら呼んでね」

と言って、階段を下りていく。

絢斗は母親の姿が完全に見えなくなってから、自身にかけていた変化(へんげ)を解いた。さすがに遥香の前でクラスメイトの姿を晒してしまうと、後々矛盾に気づかれてしまう可能性があるためだ。それもあって、絢斗はあえて母親に名前を名乗っていない。

扉の隙間から漏れ出てくる気配に呑み込まれないよう、一度深呼吸する。万が一を考えてすぐに怜と連絡をとれるよう、左手にスマホを準備してから扉を叩いた。

予想どおり、中から応える声はない。

けれど絢斗は、気にせず扉に向かって話しかける。

「初めまして、佐伯遥香さん。僕は桜庭絢斗っていうんだけど、君とちょっと話をしたくてお邪魔させてもらったんだ」

絢斗はなるべく優しい口調を心がけた。

「君のこと、君の友だちが心配してたよ。僕は彼らに頼まれて来たんだ。僕、実はあることの専門家みたいな立場でね。心当たりがなければ追い出してくれていいんだけど……もし、もし君が、現実とは思えないような現象に困っているなら、僕が助けられるよ」

これは一種の賭けである。遥香が積極的に犯罪に加担していた場合は、おそらく絢斗の申し出など無視されるだろう。

そしてもし彼女が縊鬼とは無関係であるのなら、どう考えても怪しい絢斗のことは追い出すに違いない。

（でも、もし三つ目の可能性だったら）

それは、遥香が縊鬼という存在を持て余していた場合だ。

人が妖を犯罪に利用していた時代、利用していたはずの妖に逆に襲われるという事件は少なくなかった。

結局のところ妖は妖であり、人が完全に制御できるものではないのだ。

つまり、今回もそのパターンの可能性はある。だから絢斗は「助ける」と口にした。もし遥香が三番目の状況に陥っているのなら、絢斗に助けを求めてくることを狙って。

怜には馬鹿にされてばかりだけれど、絢斗だって何も考えずに捜査なんてしていない。

時にはこういう相手の心理を利用したずる賢いこともするし、被害者を増やさないためなら平気で嘘だって吐く。

怜も伊達も絢斗を『お人好し』と評するけれど、それはとんでもない勘違いだと絢斗自身は思っている。

「佐伯さん、一人で悩まないで。大丈夫。僕は君が何を話そうとも笑わないし、嘘だとも思わない。それにきっと、君と同じモノを僕は視てるよ。怖いよね、あの鬼の形相」

遥香に信じてもらうために縊鬼の特徴を口にすれば、なんの動きもなかった部屋の中からかすかに物音がした。

「佐伯さん？」

「…………とに？」

扉越しに、憔悴しきったような弱々しい声が聞こえてくる。

「ほんとに、視える、の？」

絢斗は扉に耳を当てて、力強く答えた。

「視えるよ。白装束を着た、鬼みたいに怖い奴。あれは妖だ。人の首を括る妖。話をしよう、佐伯さん。ここを開けてくれる？　それか、もし僕のことが信用できないなら、この扉越しでもいいから」

沈黙が落ちて、我慢強く待っていると、頑なに他者を拒絶していた扉がゆっくりと動き出した。

隙間から絢斗を覗く瞳がある。赤く充血しており、腫れぼったく、あまりにも痛々しい目だった。目元には隈もある。

絢斗はそれを見て確信した。これは違う。三つ推理した、そのどれでもない。彼女は縊鬼を利用なんてしていない。絢斗を見返す瞳には、悪意なんて大層なものはこれっぽっちも宿っていなかった。

我知らずほっと胸を撫で下ろした絢斗は、彼女を安心させるように眼差しを緩めた。

「佐伯遥香さんだね？　初めまして。ごめんね、色々言ったけど、実は僕、警察なんだ。ただ一般的な警察とはちょっと違って、さっき言ったように妖や幽霊を専門にしてる」

絢斗の出した警察手帳を凝視すると、遥香は困惑よりも安堵のほうが勝ったようで、その瞳を見る見るうちに潤ませていった。

「きっと信じるのは難しいと思うから、今はそれよりも、君の身に起こったことを教えてほしいんだ」

「……っえる。教えるから、助けてっ。私、もう、なにがなんだか……っ」

　このまま廊下で話し続けるのはまずいと判断し、絢斗は遥香を支えながら部屋に足を踏み入れた。その瞬間、あんなにおぞましく感じていた気配が一瞬で霧散した。

「どうしようっ。私、私が……っ」

「うん、大丈夫だよ。だからいったん深呼吸しようか？　はい、吸って――」

　彼女の背中をゆっくりと撫でながら、絢斗は部屋の中を見回す。縊鬼の姿は視えない。それどころか、部屋の外ではあんなに主張の激しかった気配すら、部屋の中には欠片も漂っていなかった。

（これはつまり、どういうこと？）

　絢斗は内心で混乱しながらも、遥香を宥める手は止めない。

　遥香の呼吸が落ち着いたのを見計らって、絢斗は彼女をベッドの縁に座らせる。自分はそのそばに膝をついた。

　彼女の部屋はとてもシンプルで、ベッドと勉強机、本棚、あとは全身を映せる鏡しかない。本棚には小説や参考書ばかりが並んでいて、真面目そうなイメージが沸く。

「ゆっくりでいいから、何があったか話せるかな？　ありのままを話してくれて大丈夫だからね。さっきも言ったけど、僕はちょっと変わった係の刑事なんだ。君の話を信じるって約束できるよ」

　特案が扱う事件の関係者には、なかなか自分の身に起こったことを話そうとしない者もいる。それは後ろめたさからではなく、それ以前の問題として、信じてもらえるわけがないと端から諦めているからだ。

　特に被害者に顕著で、だから まず絢斗たち特案の刑事は、この人なら馬鹿げた証言も聞いてくれるという信頼を勝ち取ることから始めなければならない。

「どんな話でもいい。それが君を助けることに繋がるから」

　焦らず説得を続けた結果、遥香がぽつぽつとこぼし出した。

「バケモノが、突然、現れたんです」

「バケモノ？　鬼みたいな顔の？」

「そうです。白い着物を着ていて、そのバケモノが、私に、い、言ったんです」

　──オマエヲ、苦シメル人間ノ首、アゲル。

「私、最初は意味がわからなくて。でもそしたら、笠原さんの、く、首が……っ」

　また呼吸が荒くなり始めた遥香の背中を、絢斗は何度も優しく撫でた。

「辛いことを話させてごめんね。じゃあ、縊鬼が勝手に首を持ってきたの？」

「いつ、き？」

「君の言うバケモノがね、そういう名前の妖なんだ」

「……。でも、本物じゃ、なかったんです」

「本物じゃない？」

「首です。だって、お母さんもお父さんも、私以外、みんな見えないって言ってたから」

「飯田さんのも、かな？」

縋るような目で、遥香が頷く。

彼女曰く、彼女は最初の笠原めぐみの首を見たときに、錯乱状態に陥ったという。無理もない。普通に生活していて人の首だけを見る機会なんて滅多にないのだから。

錯乱状態からなかなか復活できなかった遥香は、その日から学校を休んだらしい。つまり、いじめは不登校の原因ではなかったようだ。

「そっちは青木くんが……えっと、彼氏なんですけど、彼がいてくれたから」

遥香はそう言って眦を下げた。

絢斗は必死に頭をフル回転させる。遥香が嘘を吐いているようには感じられない。となると、縊鬼は遥香の悪意ではなく、自ら笠原めぐみと飯田夏紀を殺したことになる。

妖が。自らの意思で。特定の誰かを。

(こんなこと、初めてだ)

けれど、絢斗の中には納得する気持ちもあった。

昔は己の力を示すように無差別に人を大勢殺していたと聞く妖だが、時代を経て、人の生活が変わったように、妖の性質も変わりつつあるのかもしれない。

妖が何かに執着することもあると、絢斗は身に沁みて知っている。

その執着が簡単に人の常識を越えてくることも、よく知っている。

ある意味それは当然だ。なにせ妖は人ではないのだから。人ならざるモノに人の常識を当てはめるほうがおかしな話なのだ。

「縊鬼は、ここにはいないね？　いつからいないのかな？　行き先はわかる？」

「それが、さっきまではずっといたんですけど……急にどこかへ行っちゃって。だから私、今ならって思って」

遥香の言葉に、絢斗の背中に嫌な悪寒が走った。

「さっきって、どれくらい前？」

「たぶん、桜庭さんが来たときだと。玄関の音が聞こえたから」

絢斗はしまったと歯噛みした。縊鬼がいるかもしれないとわかっていたのに、力を使ったのは早計だっただろうかと反省する。自分の秘密にも関わるこの力は、時に妖や幽霊を怯えさせてしまうことがあるのだ。しかも力のある妖ほど気づきやすい。

逃げられたか？　と逡巡していたとき。

「あの、私の話、本当に信じてくれるんですね」

遥香が力のない笑みを浮かべる。無意識に彼女の頭に手を置いていた。

「約束したでしょ。信じるって」

「……はい。そう、ですよね」

――でも。

彼女はそう、嗚咽をこぼして。

「それでも、ありがとうございます……っ」

震える肩を抱きしめてあげられない代わりに、絢斗は何度も何度も遥香の頭を撫でる。

物語の中では、簡単に受け入れられる妖や幽霊だが、現実ではなかなか本気で受け入れてもらえないものだ。そんななかよく一人でここまで頑張ったと思う。

「こちらこそありがとう、佐伯さん。勇気を出してくれて、ありがとう」

ずっと手に持っていたスマホをちらりと見やる。佐伯家にお邪魔してからまだ一度もスマホは振動していない。明るい画面に不在着信を示すマークはなく、新着の通知を示すマークもない。

(縊鬼は、どこに行ったんだろ)

絢斗の気配を恐れて逃げただけならいい。探し出せばいい話なのだから。

しかし、縊鬼の目的がなんとなくわかってきた今、絢斗に邪魔される前に早く目的を果たそうとして出て行ったのならまずい。

(瀬ヶ崎くんから連絡はない。でも……瀬ヶ崎くんだしなぁ)

内心でどうしたものかと唸っていたら、涙を止めた遥香が何かを思い出したようにおずおずと口を開いた。

「そういえばそのバケモノ、もしかしたら、まだ誰かを狙ってるかもしれません」

絢斗は食い気味に訊ねた。

「どうしてそう思うの？」

「実は、笠原さんと飯田さんの、その、あれを持ってきたとき、『コレデ、ゼンブ？』って訊かれたんです。私、とにかく怖くて答えられなかったんですけど、今日の夕方？　ぐらいに、『マダイタ』って、いきなり喋り出して」

「まだいた？　まだ、いた……夕方……ってまさか——！」

そのとき、手に持っていたスマホのバイブ音が鳴った。驚いた拍子に落としそうになりながらも、絢斗は応答ボタンを押す。

『ワンコールでとんなよ』

電話越しに小さく吹き出す声がした。よく通る低音ボイス。誰からの着信だったかなんて見ずに電話に出た絢斗だが、それが怜の声だとすぐにわかった。自然と早口になる。

「縊鬼がそっちに現れたの？」

『いや？　でもどんどん憑いてる残滓が濃くなってくから、そろそろ来るんじゃない？』

「わかった。僕もすぐにそっち行くから。佐伯さんはシロだった。縊鬼は悪意なんかで動いてない」

『へぇ？　じゃあ何で動いてんの？』

答えようとして、絢斗は口をつぐむ。

これはまだ絢斗の臆測だが、縊鬼は遥香を守ろうとしているような気がするのだ。でも、それを遥香の前で口にするのは憚られる。なぜなら遥香は、縊鬼に守ってほしいなんて願っていない。縊鬼が勝手に事件を起こしているだけなのに、そんなことを口にしてしまえば彼女が気に病んでしまうかもしれない。

だから絢斗は、はぐらかすために質問を質問で返した。

「そういえば瀬ヶ崎くんって、確か隠形術とか使えるんだよね？　それで松本さんのこと、縊鬼から隠せない？」

『話すり替えたな。まあ、動機なんてなんでもいいか。そうだな～、できなくはねぇけど、なんで？　あ、この質問にはちゃんと答えろよ』

なんで。そう来たかと、絢斗は当然のように怒鳴る。

「縊鬼から守るために決まってるでしょ！」

『でもさ、来てくれるっていうなら来てもらったほうがいいと思わね？　探す手間が省ける』

「まさか、囮にする気!?」

『それが一番簡単で、タイムパフォーマンスもいいだろ。それにおまえが言い淀んだ感じからして、どうも今回の事件は被害者側に百パー責任がありそうだし？　反省させるためにも、ちょっとくらい怖い思いさせてもバチは当たんねぇよ』

怜が機嫌よさそうに答える。ここ最近の彼の中で一番声が弾んでいるように聞こえるのは、はたして気のせいか。

確かに探す手間が省けるというのは、怜の言うとおりだ。

けれど、たとえどんな理由があろうと、一般人を囮にするのは賛成できない。

「僕は警察官だ。確かに被害者に思うところはあるけど、私情は挟まないよ」

挟んでしまえば、それは単なる私刑である。法の効かない存在を相手にしているからといって――いや、しているからこそ、自分が線引きを間違えるわけにはいかないのだ。

「とにかく、瀬ヶ崎くんは松本さんを――」

『なあ、絢斗』

怜がおもむろに口を挟む。その声音は、あの冷たい霊力を思い出させるほど無機質だ。

『気づいてないみたいだから言うけど、おまえ、俺に指図できる立場だと思ってんの？』

「どういう意味？」

『おまえさ、俺の能力知ってるくせに油断しすぎなんだよ。ずっと不思議だったんだよなぁ、なんでおまえに触ると体調がよくなるのか』

話の筋が見えなくて、絢斗はスマホを耳に当てながら眉根を寄せた。

そんな絢斗を知ってか知らずか、怜が心底愉しげな声で囁く。

『ずぅーっと視てたよ、おまえのこと』

耳から冷気を吹き込まれたように身体の芯が震えた。思わずスマホを手から落としそうになったが、なんとか持ちこたえる。

『だってさ、わからないなら、調べればいいだけだろ？　おかげでめちゃくちゃ面白いことがわかってさぁ。俺、今超機嫌いいんだよね』

だから、と彼は続けて。

『松本由奈の現在地を教えてやるよ。今さらどの程度の効果が出るかはわかんねぇけど、縊鬼から松本由奈の姿も隠してやる。どっちが辿り着くのが早いか賭けようぜ、絢斗』

そのとき、視界の左端に何かが映って、絢斗は反射的に首ごとそっちを振り向いた。

肩に見覚えのある恐竜のおもちゃが乗っていて、絢斗は愕然とする。この恐竜は怜の式神だ。彼の言う「視ていた」というのは、つまりこの式神を通してということだろう。

いつのまに自分に憑いていたのか。いつから憑いていたのか。だから油断しすぎだと彼が言ったのか。色々な疑問と後悔と焦りが一気に押し寄せてくる。

いずれにしても、怜の口ぶりから絢斗が変化するところは見られてしまったに違いない。今思えば、あのときは悪寒のようなものを感じたのだ。最初は単純に寒さのせいか、もしくは履き慣れないスカートのせいだと思った。

けれど、おそらく違ったのだろう。怜の式神のせいだった。

『場所はそいつが案内するから、松本由奈を助けたかったら早く来いよ。ヒーロー』

「何がヒーロー……っ」

『ちなみに、たとえおまえが縊鬼より遅くても、この賭けに罰ゲームなんてものはない。ただ松本由奈が恐怖を植え付けられて、一生もののトラウマを抱えることになるだけだ』

ツーツーと無情な音が流れる。絢斗は信じられない思いでスマホの画面を確認したが、やはりもう通話画面は強制的に閉じられていた。

肩に乗っていたおもちゃの恐竜が、ぴょんとラグマットに着地して窓の方へ駆けていく。角で窓ガラスを叩くので、割られて困る絢斗はすぐに窓を開けた。式神の性格は主人に似るのか、高く隔たる手すり壁の前で絢斗を振り返ると、早く来いと催促するように足踏みしてくる。

　できることなら、ここで叫び出してしまいたかった。足踏みする式神にうるさいと八つ当たりしたい。

　が、今は状況がそれを許さない。

「……佐伯さん」

「は、はい」

　ずっと不安げに様子を見守っていた遥香が、急に名前を呼ばれたせいか、緊張した面持ちで背筋を伸ばした。

　絢斗はそんな遥香に手を差し出すと、申し訳なさそうに言う。

「これから松本さんを助けに行くんだけど、君にも来てほしいんだ。いいかな？」

「え？　じゃあもしかして、あのバケモノが狙ってるの、由奈ちゃんなんですかっ？」

「おそらくね。本当は君を連れて行くのは危険なんだけど、縊鬼がまた君のところに戻ってこないとも限らないから。そのとき、ちゃんと守れるように」

　悩ませるだろうかと思ったが、案外遥香はすぐに絢斗の手をとって立ち上がった。

「大丈夫です。あのバケモノがどういうつもりなのかはわからないですけど、私のせいで友だちが危ないかもしれないなら、私も行きます」

　さっきまで震えて泣いていたとは思えないほどの力強い瞳に、絢斗は少しだけ面食らう。

勇気ある行動にもだが、もう一つ。

（もしかして佐伯さん、笠原さんと飯田さんのは知ってるっぽかったけど、松本さんにいじめられてたのは、気づいてない……？）

いや、由奈が遥香をいじめていたかどうかについては、決定的な証言は取れていない。他の生徒の話をまとめると、由奈の場合はいじめではなく、単に喧嘩した可能性のほうが高い。でも、遥香の反応は喧嘩すらしていないような感じだ。

（考えるのは後にしよう。とにかく今は行かないと）

絢斗は遥香に頼んで靴下を借りると、それを靴に変えた。遥香の足に履かせて、そのまま彼女を横抱きにする。

色んな意味でぎょっとする遥香に気づかないふりをして、絢斗はベランダに出た。その際、自分の靴下を靴に変えることも忘れない。

「ごめんね佐伯さん。君のお母さんに見つかるとまずいから、しっかり僕に掴まっててね」

「え、桜庭さんっ？　待って、まさかっ――」

ひらりと、重力を感じさせない軽やかな身のこなしで手すりを越えて地面に着地する。

怜の式神はいつのまにか絢斗の肩に乗っていた。

腕の中で硬直する遥香には悪いと思いつつ、絢斗は車まで全力で走ったのだった。

＊

怜の式神によって案内されたのは、小さな公園だった。遥香曰く、由奈の家の近くらしい。彼女は部活はやっていないが、バイトはしているようで、遅い時間にもかかわらず出歩いているのはバイトがあったからだろうと、ここに来るまでの車内で教えてもらった。公園の周囲を囲むように植えられた木以外には、遊具も何もない場所だ。だから園内に入ってしまえば、夜といえども見晴らしはいい。

遥香と共に息を切らしながら辿り着いた先の光景に、そろって絶句する。

「遅かったな、絢斗」

背後から聞こえた声に振り返る。一本の木に背中を預けて立つ怜に、絢斗は思わず食ってかかった。

「瀬ヶ崎くん！　あれどういうこと!?　縊鬼から隠してくれたんじゃないの!?」

絢斗の指差す方には、縊鬼に追われて逃げている由奈がいた。

縊鬼から由奈が見えている。それだけでなく、なぜか由奈からも縊鬼が視えている。

「言ったじゃん、俺。今さらどこまで効果があるかわからないって。おまえよりちょーっとだけ、縊鬼のほうが早かったってだけだろ」

「だったら……！」

なんで見てるだけで助けないのか、と文句は山とあったが、絢斗はひとまず由奈の許へ駆け寄った。

縊鬼が長い髪で由奈を捕らえようとしたところを間一髪で止めに入る。が、妖とまともに戦える能力を持たない絢斗には、縊鬼の長い髪を撥ねのける術はない。

助けるために突き飛ばした由奈が、尻餅をつきながら涙目で絢斗を見上げた。

「なっ、で。あのときの、刑事が」

「いいから、逃げて……っ」

縊鬼の髪が絢斗の首に巻きつく。伸びたり縮んだり、縊鬼は自分の髪を自在に操れるらしい。なんとか手で完全に首が絞まるのを防いではいるけれど、そんなに保たないだろう。

しかし腰の抜けた由奈は足が竦んで動けないらしく、絢斗に向かって無理だと首を横に振った。

「由奈ちゃん、こっち！」

そんな彼女をすくい上げるように、遥香が由奈の腕をとる。

「遥香⁉　なんであんたがここにいるのよっ。もしかしてめぐみと夏紀、あんたがやったのっ？」

「違うよっ。私じゃない」

「じゃあアレはなんだって言うの⁉　どうせ私のことも殺そうとしたんでしょ⁉」

「違うよ由奈ちゃん！」

パニックを起こす二人めがけて、縊鬼がさらに攻撃の手を伸ばす。いや、違う。狙っているのは由奈だけだ。

絢斗は必死にもがいて、首に髪を巻きつけたまま二人を守る。左手で自分の首に回る髪を、右手で由奈を狙った髪を掴み、縊鬼と膠着状態になる。

さすがの遥香と由奈も、絢斗の状況を見て静かになった。これは落ち着いたのではなく、単に恐怖から喧嘩どころではなくなっただけだろうとは思うが、ちょうどいい。

「二人ともっ、瀬ヶ崎くんのとこ、逃げて――早く！」

怒鳴るように叫ぶと、二人が弾かれたように動き出した。遥香は由奈の手を繋いだまま、引っ張るようにして怜のいる公園の入り口まで走る。

絢斗は酸素を求めるように上を向いて、は、と短い息をこぼした。呼吸が苦しくて意識が朦朧とする。

ユルサナイ、とどこからともなく聞こえてきた。

「ハルカ、ハ、ワタシ、ノ」

どろどろの執着まみれの声に、絢斗は眦を上げる。今すぐ耳を塞ぎたい気分だ。嫌な記憶と紐付いたその性質の声を、まさかこんなところで聞く羽目になるとは思わなかった。

相手を搦め捕ろうとする、どこまでも縋りついて離さないと言わんばかりの声。

やはり、縊鬼がこの事件を起こしたのは――。

「ハルカ、ヲ、キズツケル、ナラ、コロス」

「っく……ぁ……」

髪が首に食い込んでくる。右腕だけでは押さえきれない。

「絢斗、助けてほしいか？」

怜の澄んだ声が、遠のく意識の中にすっと通る。

声に導かれて目だけを動かした絢斗は、怜の後ろに遥香と由奈がいるのを見てほっとした。が、それも束の間、怜が由奈の服を無理やり引っ張って、まるで生け贄を差し出すように前に突き出した。

「おまえは助けてやってもいい。けど……」

月明かりに照らされる彼の表情が、挑発的に微笑む。

「代わりに、こいつには自分の落とし前をつけてもらう。さあ、おまえはどっちを選ぶ？自分の命か、他人の命か」

もう、開いた口が塞がらなかった。

由奈は必死に抵抗している。かわいそうなくらい泣きじゃくりながら。

右腕で押さえ込んでいた縊鬼の髪がぶわりと広がって、絢斗は直感的にまずいと思った。

「僕はいいから、松本さんを守って!!」

絢斗の手から逃れた髪が、放たれた矢のように由奈に襲いかかる、寸前。見えない何かに阻まれたように、縊鬼の攻撃がぴたりと止まった。おそらく怜の術だろう。

あとちょっとで首をとられていた由奈は、眼前に迫る髪に過呼吸を起こしそうになっていた。

　ただ、今ので縊鬼の拘束が緩んだ。その隙をついて首に巻きつく髪から脱出すると、由奈の許へ走り出す。恐怖で動けない彼女を強引に抱きかかえて、すれ違い様に怜を睨んだ。

「あとで説教だからね、瀬ヶ崎くん」

「はっ。一人で妖を倒せない奴が何言ってんの？　これでわかったろ、絢斗。おまえは誰も守れない。弱い奴が出しゃばるから無駄に苦しむ」

　まさか、と絢斗は息を呑んだ。

　まさかそんなことを知らしめるために由奈を利用したのだろうか。おまえは弱いから誰も守れないと、絢斗に身をもって理解させるために。

　だったらやりすぎもいいところだ。行き過ぎている。だからこそ、小さな違和感も拭えない――これは本当に、ただ弱い人間が嫌いなだけなのか？

　というよりも、むしろ憎んでいるような業の深さを感じる。

　それがなぜなのか、絢斗にはわからないし、今解明することでもない。

　自分が弱くて、この世の全てを守れるわけでもないことは、わざわざ教えてもらわなくても解っている。

「でもね、だからこそ、人には適材適所ってものがあるんだよ」

　遥香を後ろに庇いながら、絢斗は縊鬼に向かって叫んだ。

「縊鬼！　佐伯さんを守りたいなら、まずは彼を倒せないと話にならないよ！」

途端、怜を挟み打ちするように縊鬼の髪がしなる。怜は難なく結界で防いでいたが、縊鬼の反応にはわずかに驚愕しているようだった。

「ごめんね、瀬ヶ崎くん！　弱い奴は弱い奴なりに、ちゃっかりしてるんだよ。じゃ、あとよろしく！」

遥香と由奈の二人を連れて公園を脱出する際、捨て台詞のように言い放つと、怜が腹を抱えて笑い出した。何がそんなに面白いのかは謎だったけれど、やっぱり彼とのチームは早く解消したいと切実に願った絢斗である。

＊

事件から数日後。

絢斗は土曜日の昼という混雑する時間帯のカフェで人を待っていた。

あらかじめ店員には待ち合わせだと伝えているので、四名用のボックス席で、絢斗は一人ぼんやりと思考に耽る。

待ち合わせ時間まであと十分。砂糖もミルクも入れていないアイスコーヒーを、ストローで無駄にかき混ぜた。

（瀬ヶ崎くん、あれから何も言ってこないけど……それが逆に怖いんだよなぁ）

実はあのあと――怜に縊鬼を押しつけて逃げたあと――遥香と由奈を覆面パトカーに乗

せた絢斗は、とりあえず車を発進させて二人を家まで送った。

　車内は当然のように沈黙が流れて、絢斗はこの空気をどうしたものかと悩んだ。

　それを最初に破ったのは、助手席に座った遥香だ。

『あの、由奈ちゃん、大丈夫……？』

　恐る恐る後部座席を振り返りながら訊ねた遥香を、由奈がきつく睨む。

『大丈夫？　よくそんなこと言えるね!?　こっちはあんたのせいで死にそうになったのに！』

『ちがっ……違うよ！　私、殺そうなんて思ってないし、殺してもない！』

『でもあんたをいじめてためぐみと夏紀が死んだじゃない！　タイミング的にあんたしかいないじゃん！　今日だって突然現れるし。信じらんないっ。ちょっといじめられたくらいで普通殺す!?』

『信じてっ。本当に私、違うの……っ』

　由奈が鼻で笑った。

『そうやってか弱いアピールして、青木くんのことも落としたわけ？』

『……え？』

『そもそも、遥香が青木くんと付き合わなければ、こんなことにはならなかったんだよ。遥香が青木くんと……私が好きだって、知ってたくせに！　全部、全部遥香がっ』

『――そこまで！』

だんだんヒートアップしてきた二人の口論に、絢斗は遠慮なく割って入った。このままだと二人がお互いに後悔することしか言わないと思ったからだ。遥香はすでに目尻から涙を零している。

絢斗は右に曲がるところを、あえて左に曲がった。今彼女たちに必要なのは時間だろう。誤解させたまま帰すわけにはいかないと思ったのだ。

『あのね、まず一番大事なことを言うけど、佐伯さんは誰も殺してないし、縊鬼とはなんの関係もないよ。あれは縊鬼が勝手にやったことだ』

法定速度ぎりぎりを走るのろまな車を、他の車がどんどん追い越していく。

どこから話すべきか悩んでいた絢斗に、バックミラー越しに目が合った由奈が質問してきた。

『ねえ、そもそもさ、あのバケモノってなんだったの？』

由奈の顔が強張っている。当然の反応だろうと思う。今まで人ならざるモノの存在なんて目にする機会もなく生きてきた彼女なら、なおのこと。

あのとき彼女の目にも縊鬼が視えたのは、縊鬼自身に見せる意図があったからだろう。

実は妖は、誰にでも全く見えないモノではない。人には認識できる範囲に限界があり、妖はその認識の外で生きているだけという話だからだ。

ようするに、妖が自らの意思で姿を見せたいときは、人の認識の内側に入るだけでいい。

見鬼――人ならざるモノを視る力――を持つ者は、その認識に惑わされない力を持っているというわけである。

『私、バイトの帰りにいきなり襲われて、意味わかんなくて。だから先に状況を説明してよ。お兄さんたち、刑事なんじゃないの？　あれ嘘だったの？』

『いや、そこは嘘吐いてないからね？　犯罪になっちゃうから。手帳見たでしょ？』

『見たけど……』

じと目で睨まれる。バックミラーによってそれが見えた絢斗は、内心で唸りながら苦笑した。

まあ確かに、誤魔化すには、彼女たちは深く関わりすぎてしまった。はぐらかすほうが難しいだろうと思う。

絢斗は観念して、口を開く。

『わかった。全部話すよ。実は、この世にはね――』


「お久しぶりです、桜庭さん」

名前を呼ばれて、絢斗は思考の底から浮上した。

アイスコーヒーに留めていた視線をゆっくりと上げる。そこには女子高校生連続殺人事件の中心人物であり、ある意味で被害者でもあった佐伯遥香がいた。

初めて会ったときは家の中だったこともあり寝間着姿だったけれど、今はモノトーンのワンピースというきれいめコーデでまとめたファッションだった。

彼女の隣には、今日初めて会う少年がいる。件の青木くんだ。実は無理を言って絢斗が呼んでいた。短い黒髪にすらりとした体格で、ひと言で言えば爽やかなスポーツマンという雰囲気である。人懐こそうな笑みを顔に浮かべており、どこかの誰かさんとは正反対の性格をしていそうだなとなんとはなしに思った。

「会うのは初めましてだね。警視庁の桜庭です。といっても今日は非番だから、あんまり肩書きは気にしないでくれると嬉しいけど」

「わかりました。電話では色々とありがとうございました。青木優大（ゆうだい）です。今日はよろしくお願いします」

二人が向かい側に座ると、絢斗は先にメニュー表を渡す。仲良く選び始めた彼らを見守りながら、絢斗はまた思考をあの夜に落としていく。

『――というわけで、松本さんや佐伯さんが視たのは妖と呼ばれるモノで、松本さんを襲ったあの妖が、笠原さんと飯田さんを殺したんだ。あれは縊鬼といってね、首を括らせることで有名なんだ』

縊鬼に取り憑かれれば、自殺願望なんてない人でも首を括りたくなる。江戸時代に生まれた妖だが、そこまで詳しく説明する必要はないだろう。

『なぜ縊鬼が二人を殺したのか、それは縊鬼にしかわからないから、僕たちは想像することしかできないけど……』

でも、もし絢斗の思うように、縊鬼が何かしらの愛情を遥香に向けていたとするのなら。

『佐伯さんってもしかして、小さい頃はああいうの、視えてたんじゃない？』

『え？』

『よくいるんだよ。小さい頃は視えてたけど、大人になると視えなくなる人。これは大人よりも子どものほうが認識できる範囲が広いからだと言われてるんだ。子どものほうが好奇心旺盛で、柔軟な思考を持ってるからね。大人は経験を積んだ分、常識や理性に囚われる。だから、だんだん視えなくなる』

遥香は、記憶を辿るように一点を見つめたまま動かない。

あ、とかすかな声を漏らして、答えた。

『そういえば、おばあちゃんが言ってた気がします、そんなようなこと。よく何もないところに笑いながら手を振ってたって。でもそのうち振らなくなったから、子ども特有の何かだろうって、母と父は特に気にしてなかったみたいですけど。ほら、子どもが何もないところをじっと見つめたり、しゃべりかけたり、そういうの、よく聞きません？』

『子どもってか、赤ちゃんじゃないの、それ』

由奈が棘のある声で突っ込んだ。

縮こまる遥香を横目に、絢斗は続ける。

『きっとその頃だろうね、縊鬼が君を見つけたのは。いや、君が縊鬼を見つけたのは』

二人が訳のわからないといった顔で絢斗を見つめた。言外に解説を求める視線をへらりと笑ってやりすごしながら、絢斗の中では答えが出ていた。

縊鬼が遥香に執着していたのは、昔、遥香に見つけてもらったからだろう。

誰も自分を認識してくれない世界で、生まれた当時とは随分様変わりしてしまった時代で、縊鬼はおそらく、孤独を抱えていたのだ。

たとえ自分の存在を知らしめるように人を取り殺したところで、ただの自殺にしか見てもらえない。誰も縊鬼を恐れない。恐れない世の中になってしまった。

それが、縊鬼にとっては耐えられなかった。

そんなときに、遥香と出会った。遥香が自分を認識してくれた。自分の存在が確かに在ると教えてくれる存在――それが遥香だったのだ。

だから、そんな彼女を傷つけられることが縊鬼には許せなかった。彼女を失えば、縊鬼はまた孤独な世界に戻ることになるから。

（とても身勝手な、妖らしい理由だ）

そんな理由を、遥香に知られるわけにはいかない。

彼女は何も悪くない。ただ、見つけてしまっただけ。それもうろ覚えな幼少の頃に。

それが原因で二人が殺されたのかと、彼女に気づかせるわけにはいかなかった。だから絢斗は口を閉ざす。

代わりに、こう締めくくった。

『今回のことはね、佐伯さん自身も被害者みたいなものなんだ。だから松本さんは、佐伯さんを責めないであげて。佐伯さんも、自分を責めないであげて。全部の気持ちを整理するのは難しいと思うけど、それだけは、心に留めておいてほしいな――』

遥香と青木がメニューを決めて注文を終えたところで、絢斗はさっそく今後について切り出した。

「事件のことは、警察としては被害者二人の自殺で処理することが決まったよ。今回は妖が単体で起こした事件ということもあって、誰かが罪を被るようなものじゃないからね。被害者遺族には気の毒だけど、みんなが知らないだけで、こういう事件は少なくない。だから佐伯さんも、申し訳ないけど、必要以上に口外はしないでくれると助かるかな」

「絶対に禁止、じゃないんですか？」

普通はそう思うだろう。絢斗は曖昧に微笑んだ。

「酷い大人の本音を言うとね、別に口外してもいいんだ。けどきっと信じてもらえない。頭のおかしい奴の妄言だと捉えられるか、もしくは死者に対する冒涜だとか、批難されるのは君になる。それだけだよ」

遥香はじっと絢斗を見つめたあと、やや瞼を伏せた。

絢斗に彼女の気持ちは推し量れない。それでも、やりきれない思いを抱えているだろうことは想像に難くなかった。

ここで慰めるのは絢斗の役目ではない。一番の目的は別にあるけれど、だから、青木もここに呼んだのだ。

「あの、訊いてもいいですか？」

遥香がおずおずと訊ねる。

「あのバケモノ——縊鬼、でしたっけ——は、どうなったんですか？」

「うん、ちゃんと捕まえたから安心して。僕ともう一人、あー、サングラス掛けてた子がいたでしょ？」

その説明だけで誰かわかったのか、遥香が頷く。

「あの子がね、実はそういうの専門の捜査員で。ちゃんと捕まえて、然るべきところに引き渡して、あちら側に強制送還されることになったから。だから縊鬼はもう二度と、こちら側には来られないよ」

「あちら側？」

「そう。いわゆる『あの世』だったり、『黄泉の国』と呼ばれる場所だね」

こちら側——生者の住まう世界で重罪を犯した妖や幽霊は、強制的にあちら側へ送られるのが慣例となっている。

法で裁けない相手だからこそ、こちら側の秩序を乱されないために彼らの世界に送り還すのだ。

ちなみに送り還すのは、警察の仕事ではない。法務省の外局である別の庁が管轄しており、特案が捕まえたモノたちは大抵そこへ引き渡すことになっている。

彼らはこちら側とあちら側の境界を守る役目も担っているので、二人も人間を害した縊鬼は、強制送還されれば二度と境界をまたぐことはできなくなるだろう。

「だから、もうあの縊鬼に怯えて暮らす必要はないよ。それでもやっぱりまだ不安だったり、何かあったりしたら、ここに連絡してくれればいい」

絢斗は自分の名刺を取り出して、裏に私用の携帯番号を書き加えると、遥香と青木の二人に渡した。

「基本的にはこっちの公用のほうにかけてね。内線番号と僕の名前を伝えれば、すぐに僕に繋がるから。そのときは、サングラスの彼と助けに行くよ」

「あの怖い人も？」

すっかり遥香に怖い人認定されている怜に、絢斗は小さく吹き出した。ここに彼がいたら蹴りの一つは食らっていたかもしれないけれど、今日はいない。

「うん、わかる。怖いよね。僕でも怖いって思うもん」

だけど、放っておけないような気もしている。

必要以上に弱者を嫌うところも。誰もがドン引きするほど横柄な態度にも。何か、理由があるような気がするから。

傍若無人なわりに事件解決には真面目だったり、憎しみのこもった目で弱者を見てきたりと、ただの嫌な奴で片付けるには、違和感が残る。

それに、彼の体調不良も気になっている。考えれば考えるほど、それは彼の霊力に関係しているのではないかと思えてならない。

だから、完全に突き放せない。

これを本人にそのまま伝えれば、まず間違いなく「お人好しうざい」とか言われるのだろうけれど。

「でも、瀬ヶ崎くんより酷い大人が、ここにいるんだよね」

絢斗は申し訳なさそうに眉尻を下げた。

遥香が首を傾げるなか、絢斗は青木とアイコンタクトを取る。

「ごめんね佐伯さん。先に謝っておくんだけど、実は今日、ここに松本さんも呼んでるんだ」

「え⁉」

「だって佐伯さん、青木くんに肝心なことを話してないでしょ？　勝手なことをした自覚はあるよ。もしかしたら、もっと二人の関係が拗れるかもしれないとも考えた。それでも、ちゃんと話したほうがいいと思うんだ」

「でも由奈ちゃんはもう、私なんかとは……」

そのあとに続く言葉が何か、絢斗には察することができる。事件のあとから遥香と由奈の関係が気まずいままであることを、絢斗は知っていた。彼女たち二人ともが、今回のことに決着をつけるのを怖がっていることを知っていた。

絢斗はそれを、あえて壊そうとしている。

腕時計を見やれば、ちょうど由奈と約束した時間だった。由奈にも今日の本当の目的は話していない。

時間どおりやって来た彼女は、絢斗を見つけて、次いで遥香と青木がいることに気づき、反射的に踵を返そうとする。

その腕を掴んで、絢斗は自分が座っていた席に由奈を無理やり座らせた。

「ちょ、放してよっ。聞いてないんだけど！」

絢斗は由奈の耳元で囁いた。

「反省してるなら、ちゃんと謝ろうね。後悔してるんでしょ？」

由奈がびくりと身体を震わせる。今回のことで精神的ショックが大きかったのは、何も遥香だけではない。

特案には、扱う事件が特殊なだけに、お抱えの精神科医というものがいる。その医師もまた視える人間で、事件関係者の心のケアが主な仕事だ。

遥香にももちろん受けさせた。けれどより深刻だったのは、意外にも由奈のほうだった。

「じゃ、僕は邪魔だろうから、いったん失礼するね。青木くん、あとお願いね。もし何かあればさっき渡した私用の番号に連絡して。近くにいるから」

絢斗はそれだけを言って、さっさと店を出て行く。

実は青木にだけは、今日の目的をあらかじめ話してあったのだ。会ったのは今日が初めてだけれど、電話した回数を合わせていいなら、彼と話したのは五回目になるだろうか。

「おーい、そこの偽善者くーん。おまえはいったいいつから修羅場の演出家になったわけ？」

さて空いた時間をどうしようかと悩んでいたとき、後ろから声をかけられた。正直、振り返りたくない気持ちでいっぱいだ。声にも話し方にも覚えがありすぎて嫌になる。

かといって無視をすれば、もっと面倒になることは学んでいた。

「瀬ヶ崎くん……なんでいるの」

「返事するってことは自覚あんだ？　偽善者って」

「まさかまた先輩から？」

言って、自分でその可能性を否定した。今日ここに来ることは、絢斗は仲間の誰にも話していない。

「絢斗さー、学習能力って備わってねぇの？」

怜が自分の左肩をとんとんと指先で叩く。まさかと思ってすぐに視線を移せば、いつのまにか恐竜のおもちゃが絢斗の肩に乗っていた。怜の式神だ。

はあああ、と顔を覆ってしゃがみ込む。

「おまえが大人ぶって説教してんのクソウケた。てか俺のこと『あの子』って言うのやめろ。こっちはおまえより大人なんだよ」

「僕のほうが年上だからね!?　ってちょっと待って。それ知ってるって……いつからいたの？」

「おまえが入店したときから。すぐ後ろにいるのに気づかねぇってやばくない？　それでよく刑事が務まるな？」

「やめて。それ普通に傷つく」

自分の無能ぶりが露見したみたいで恥ずかしい。

すると、怜が右腕を引っ張るようにして絢斗を立たせる。歩道の端とはいえ、通行人の邪魔になっていたのかもしれない。すぐに放されると思った腕は、しかし、掴まれたままどこかへと連れて行かれる。

「瀬ヶ崎くん？　どこ行くの？　僕まだこの辺りにいないといけないんだけど」

「絢斗さぁ、なんで松本由奈も呼んだわけ？　お得意のお節介でも発揮した？」

「はい？　急になに？」

「いいから」

足を止めてくれる気配のない怜にため息を一ついて、絢斗はぽそりと答える。

「別に、そんなんじゃないよ。むしろ余計なことをしたほうだと思うけど」

「ふうん？　それをわかった上で呼んだってことは、やっぱおまえ、甘ちゃんだな」

その帰結に至った思考回路が理解できなくて、絢斗は眉根を寄せた。彼の話はたまに意味不明だから困る。何をもって『甘ちゃん』と定義しているのだろう。

「僕はむしろ、二人に残酷なことをした自覚があるけど？　だってそうでしょ？　佐伯さんは松本さんとの距離を測りかねてたし、松本さんにとって青木くんは好きな人だ。好きな人に自分が誰かをいじめてたなんて知られたくないでしょ、普通。ましてやその相手は青木くんの恋人だよ。僕はそれをわかってて、彼もあの場に呼んだんだ」

「ああ、それでか。『瀬ヶ崎くんより酷い大人』って言ったの」

「そうだよ。酷いでしょ。きっとすごい喧嘩になってる。だからそろそろ放してくれない？　戻らないと――」

しかし、突然彼が方向転換するものだから、絢斗の希望は叶わない。建物と建物の間の細い路地に入っていく。どんどん奥に進む怜に不安を覚えたとき、これまた急にコンクリート壁に背中を押しつけられた。

「それもわざとなんだろ、絢斗？」

至近距離で顔を覗き込まれて、絢斗の心臓がドキッと跳ねる。これは驚愕でも胸の高鳴りでもなんでもない。本能が命の危機を感じて、警鐘を鳴らしているのだ。

「相変わらずお優しいことで」

「優しい？」

「とぼけんなよ。互いに気まずいあの二人は、ああでもしないと二度と関わることはなかった。中途半端に幕を下ろして、宙ぶらりんの罪悪感を抱えて生きていくことになっただろうな。人間はそういう半端なものほど忘れられない。嫌な記憶ほどフラッシュバックする。だからおまえは、強引な手段を取ってでもそれを解消しようとした。あの二人を本当の意味で立ち直らせようとした」

彼が話す間にも、絢斗は抵抗を試みた。が、うまくいかない。

「馬鹿だなぁ、絢斗。放っておけばいいんだよ。あんな、好きな男を取られただけで陰で卑怯なことをするような奴なんて。佐伯遥香だってそんなオトモダチ、要らねぇだろ」

「……っそれは、佐伯さんが決めることだよ」

ふっ、と怜が笑う。

「ほら。やっぱりおまえは甘ちゃんだ」

人を小馬鹿にする笑みだったけれど、これには絢斗も同じ笑みを返してやった。

「そういう瀬ヶ崎くんだって、実は優しいよね」

「……は？」

「僕のこと、まさかそんなふうに解釈してくれるなんて思わなかったよ。言っておくけど、僕は嘘も吐いてない。青木くんを呼んだのは、松本さんに少しは反省してほしかったからだ。いじめに程度なんて関係ない。無視は……存在を否定されるのは、人が思うより、ずっと苦しいことだから」

縊鬼は、だから遥香に執着した。だから事件を起こした。

存在の無視は、直接的な暴力に比べてその痛みは目に見えにくい。だからこそ、見過ごすわけにはいかなかったのだ。

はあと嘆息して、絢斗は諦めたように全身から力を抜く。純粋な力比べなら強いほうだと自負していたけれど、予想外にびくともしない怜には潔く白旗を上げた。

色んな意味で降参だ。敵わない。力比べも、その洞察力も。確かに絢斗は、どんな結果になろうとも、二人の間に残ったしこりだけは取り除こうとした。

それを、まさかあの瀬ヶ崎怜が見破るなんて。

(思わないでしょ、普通)

絢斗は困ったように眦を下げる。

「ほんと、参っちゃうよ。瀬ヶ崎くんが気づくなんてさ。松本さんも佐伯さんも、僕のこと恨むだろうなって思ってたくらいなのに」

人は、人によって、物事に対する解釈が変わる。

人は自分の中にある知識と経験と性質をもってしか、何かを解釈することはできない。

つまり、怜が絢斗のあの言動を「甘ちゃん」だと言うのなら、怜だってよほど甘ちゃんなのだ。

「びっくりだよ。まさか君に、そんな優しい一面があったなん――でっ!?」

しかし、せっかく人が褒めていたのに、突如として怜に片手で両頬を掴まれた。たぶんこれで三回目だ。彼は人の顔をなんだと思っているのだろう。

「おい、絢斗の分際で生意気言ってんじゃねぇぞコラ」

「え、なに、急にチンピラ？」

「ふざけんな。俺が優しい？　気持ち悪いこと言ってんなよ気持ち悪い」

「二回言った……！」

「おまえがあんまり気持ち悪いこと言うから鳥肌立っただろうが。おまえの目は節穴か？」

「褒めても怒るの⁉」

瀬ヶ崎怜という人間が本気で謎すぎる。褒めて怒られるなんて初めての経験だ。

怜は舌打ちすると、絢斗を逃がさないためか、手だけでなく右足まで踏んづけて身動きを封じてきた。

「もういい。本題だ」

「今までのは⁉　というか足、痛いんだけどっ」

「絢斗おまえ、忘れてねぇよな？　自分が俺に何を見られたのか」

その言葉で、今の今まで忘れていたことを思い出す。

ヤクザもかくやという恐ろしげな笑顔を向けてくる怜から目を逸らせない。

（やっぱりアレ、見られてたんだ……！）

あの夜に、絢斗は女子高校生に変化するところを怜に見られた。直接ではないけれど、彼の式神を介してばっちり目撃されている。

が、今に至るまで一度もその件に触れられなかったので、実は見られていなかったのではないかと希望を見出し始めていたのに。

「あー、はは、なんのことか、さっぱりかな……っ」

とぼけながら必死にもがくが、霊力まで駆使して絢斗の動きを封じてくる彼に、勝ち目なんてあるはずもない。

あるいは絢斗が全力を出せば勝てるのかもしれないが、約十五年前——絢斗が八歳のときに起こした暴走事件があってから、絢斗は全力を出せないようになってしまった。

「今さら逃げようとすんなよ。なあ、単刀直入に訊くけど」

訊かないでくれ、と最後の悪あがきのように頭突きを食らわそうとしたが、逆に彼の式神に尻尾でチョップされた。

痛みで涙目になる絢斗を見下ろして、怜が言う。

「おまえってさ、実は人間じゃないよな？」

ああ、もう。もうおしまいだ。最悪な相手にバレてしまった。

鏡を見なくても自分の顔から血の気が引いていくのがわかる。

「わかりやすい性格してんな、絢斗。まあ、隠したところで意味はねぇけど」

怜が絢斗の全身を凝視する。まるで初めて顔を合わせたあの金曜日のように。絢斗の内に秘められたものを、見透かそうとするように。

「やっぱ何度視ても気配は人間だな。まあ、じゃないと警察官にはなれねぇか」

彼の言うとおりだ。これは絢斗も特案に配属されたあとに知ったのだが、実は警察官採用試験では、受験者が本当に人間かどうか秘密裏に確認が行われている。

その確認業務を担当しているのが特案の視える刑事で、絢斗も当然、それをパスして警察官になっている。なんなら特案に配属されている刑事の中には、そのときに能力を見出された者もいるくらいだ。

こんな確認を行うのも、ひとえに人間に擬態できる妖がいるからに他ならない。そういう妖は妖の中でも強い上位種に数えられるため、見分けるのは案外簡単らしい。

「妖は自分の強さを隠さない。顕示欲の強い奴らばかりだからな。だから、奴らの霊力は相手を威嚇するように身体の内側から外に向かってる。対して、本来は霊力なんて持つようなつくりになっていない人間は、守るように身体の内側に霊力を溜め込むんだ。これが知る人ぞ知る、人間と妖の見分け方」

でもおまえは、と怜が絢斗の胸を人差し指で突く。

「確かにここにカスみたいな霊力を感じるけど、それだけじゃない。おまえの身体全体に霊力が混ざって馴染んでる。妖みたいに威嚇してるわけじゃない。でも、人間みたいに一箇所に溜まってるわけでもない」

カラーサングラスの奥の瞳が、うっそりと細められた気がした。

だから嫌だったのだ。怜の担当者になるのは。彼に存在を認識されるのは。

特案の刑事も、妖も、絢斗の前の協力者も。誰も絢斗の正体には気づかなかった。みんな微弱な霊力を持つ人間だと勝手に勘違いしてくれた。もしくは、勘違いできるほど視える者なんていなかった。

絢斗が警戒していたのは、まさに怜のこういうところである。

ずば抜けた霊力を持つ彼だけは、これまで誰も認識できなかった絢斗の霊力を視てしまいそうで、それを恐れていたのだ。

「ほら、絢斗。ここまでバレてんだ。もう諦めて言っちまえよ。それがおまえへの縛りになる。言わなきゃ放してやらねぇよ？」

それとも、と彼は続けて。

「俺に祓われたい？　いいよ、俺はそれでも。ああでも、おまえを祓ったら、法は俺を裁けんのかな。なあ、どう思う？」

知らないよそんなこと、と吐き捨ててやりたい気分だ。

「絢斗」

早くしろと言わんばかりに圧力をかけられる。

絢斗は逡巡した。逃げられないことはわかっている。どのみち言っても言わなくても、おそらく命の危機は去ってくれない。

だったら、もうどうでもいいように思えた。いっそのこと正体をバラして、彼の反応を見るのもいいかもしれない。

人はこういう心理状態を『ヤケクソ』と言うのだろうが、自棄を起こしたくもなるというものだ。

人のピンチを面白がる怜を睨み返して、絢斗は覚悟を決める。

「……そこまで言うなら、教えてあげるよ。確かに僕は、君が言ったとおり人間じゃない」

人間ではないけれど、妖でもない。

「僕は……――僕は、半妖だ！」

どうだガッカリしたかと続けようとしたのに、その前に怜が印を組み始めた。

「そのままじっとしてろよ！」

怜が呪文を口にする。まだ昼間だというのに足元から冷気が這い上がってきた。なんだか予想外の意味でまずい状況になっている気配を察知した絢斗だが、もう何度も失敗したように彼の拘束から抜け出せない。

彼の霊力に全身を包まれた瞬間、ばちんっ、と右耳に激痛が走った。絢斗を閉じ込めた霊力は、瞬く間にその耳元に集束していく。

全ての霊力が吸い込まれたとき、絢斗は全身から力が抜けたように地面に座り込んでしまった。

視線を合わせるためか、怜が片膝をつく。

彼はゆったりと手を伸ばすと、絢斗の右耳に触れた。

「さすが俺。成功したな」

「ぼ、僕に、何したの？」

「ちょっと式妖契約をな」

「『ちょっと式妖契約をな』⁉」

それは「ちょっと」でするものではないと、全力で否定したい。

なのに悲しいことに、触った右の耳たぶには、丸い石のようなものが付いている。

「でも半妖だからか？　右にしか契約の証がねぇな」

「何してるの⁉　式妖契約って……どういうものかわかってるっ？」

焦る絢斗とは対照的に、怜はいたって冷静だった。

「当たり前だろ。おまえより詳しいっつの」

「そうだよ君の扱う陰陽術の一つだからね。でも、だったらなおさら……！」

式妖契約というのは、その名のとおり妖と契約する術だ。

これを結べば妖は術者に絶対服従となる。その代わり、術者は妖に己の霊力を分け与え続ける必要があるのだ。

強い妖ほど多くの霊力が必要で、だから式妖契約は、単なる式を使役するより戦闘能力は上がるけれど、その分術者の負うリスクも高い契約だった。

「瀬ヶ崎くん、僕が弱いの知ってるでしょ？　なんのメリットもないのに何してるの？今すぐ解除して！」

妖の要する霊力より術者の霊力が下回ったとき、術者は死ぬ。それは使役していたはずの妖に襲われて殺されるという意味もあれば、単純に霊力が底をついて死ぬという意味もある。

「解除？　馬鹿だな絢斗。やっと見つけたんだ。誰が解除なんてするかよ」

「やっと見つけた？」

困惑の瞳で見つめれば、心なしか怜が晴れやかな顔で笑っていた。

今まで絢斗が見たことのある彼の表情といえば、不機嫌顔か、意地の悪い顔ばかりだった。でも今は違う。何かが吹っ切れたように清々しい笑顔だ。

「俺、実は霊力が異様に多い体質でさ。定期的に発散しないと体調が悪くなんだよ。だから特案からもらった事件の妖や霊(はんにん)で発散してたわけ。縊鬼はそういう意味では最高だった。あいつ、意外としつこかったからさ、俺も遠慮なく発散できたんだよな」

これは誰だろうと、絢斗はぽかんとする。瀬ヶ崎怜はこんなによく笑う男だっただろうか。こんなに楽しそうに、晴れやかに、笑顔を浮かべる男だっただろうか。

(もしかして)

そこで絢斗は、やっと合点がいく。怜があんなに事件を早く解決したがっていたのは、彼のこの体質が理由だったのだ。

「でもそれも、保って半月くらいなんだよ。だからどうにかしねぇとなぁって、ずっと考えてた。そこに、おまえだ」

突然人差し指を差されて、なんとなく切っ先を向けられているような気分になった絢斗は身体をずらしてその照準から外れようとした。

「おまえに直接触れると、なんでか霊力がおまえに吸い取られた。俺の体調も回復した。なんでだ？　って不思議に思って監視してたら、おまえ、明らかに一般人じゃできねぇことすんだもん。でもおまえは非能力者で、特案の刑事にもなれてる。じゃあ妖ってわけでもない。そこで立てられる仮説なんて、あとは〝半分〟くらいしかないだろ？」

「ないだろって……普通はそこでそんな考えには至らないんだよ……」

「ふうん？　まあ俺、普通じゃねぇし」

自分で言うんだ、という気持ちと、確かに、という気持ちが半々で生まれる。

「でも、それがなんで式妖契約する発想になったの？」

「だってこれならさ、おまえが自動で俺の霊力を奪ってくれるだろ」

「それはそうかもだけど……。あ、あのさ、ここはもっと、平和的に解決しない？」

「平和的？」

「僕に触れても、体調は良くなるんだよね？　だったらさ、手でもなんでも貸すから、そっちで……」

「無理」

「即答!?」

目の前にいる怜が、にっこりと口角を上げた。

「なんで俺がおまえと手なんか繋がないといけないんだよ。普通にキモイ」

「キモイ!?　セリフと顔が合ってないよ！」

「ちなみにもしそっちにするなら、おまえ、毎日俺に会いに来なきゃなんねぇけど？」

「それは面倒！」

思わず素直に口から出した途端、式神に尻尾ビンタを食らわされた。

「ねえ！　その式神、元が恐竜のおもちゃだからビンタはだいぶ痛いんだけど!?」

「こいつはおまえの先輩に当たるからな。先輩から後輩への指導だろ」

言いながら怜が立ち上がる。彼の手の上に乗った式神は、心なしか威張っているように見えてちょっとイラッとした。

「やっぱ。マジですごいな、絢斗。こんなに身体が軽いのは何年ぶりだ？」

式神と楽しそうに笑い合う彼に、絢斗はもう何も言えなくなる。

まったくもって今の状況の理解はできない。できないけれど、確かに彼はずっと体調が悪そうだった。不機嫌だったのは、おそらくそれもあったのだろう。

まさか自分の正体がバレて、こんな展開になるとは露ほども想像していなかった。

「ちなみにさ、契約っていつまで？」

「俺の気分次第」

そんな無責任があるかと絶望する。

「でもさ、絢斗にもメリットはあるだろ？」

「僕に？　どんな？」

「俺と契約してるうちは、おまえの正体を誰にもバラさない。てか、バラせねぇだろ」

怜がケラケラと笑う。

確かに、と思わなくもない。基本的に妖を〝悪〟と決めつけがちな特案なので――前例がないから本当のところはわからないけれど――妖を式にしていることがバレれば、怜だって面倒なことになるのは想像に難くない。

「ま、そういうわけだから、お互い利害が一致したと思えばいい」

怜がしゃがんだままの絢斗に手を差し出す。あの彼が、と意外に思ったけれど、これまでの振る舞いは全て霊力過剰症のせいだったのかもしれないとなれば、絢斗は素直にその手を取った。もしかしたら、体調の回復した彼となら、これからはうまくやっていけるかもしれない。そんな淡い期待とともに立ち上がる。

「色々腑に落ちないけど、全く了承もしてないけど！　……でも、まあ、これからもよろしくね、瀬ヶ崎くん」

「ああ。俺もおまえのことは相変わらず嫌いだけど、二号としてならかわいがってやるよ」

彼らしい言葉に苦笑しながら、まあ自分も好きではないからいいかと反論はしない。

ただ、彼の口から初めて聞いた『二号』という単語には引っかかりを覚えて、絢斗はつい訊ねてしまった。

「二号って、なんの二号？」

すると、彼が不敵に微笑んで――。

「そんなの決まってんだろ。俺のおもちゃ二号だ」

「やっぱり君とはよろしくできない！」

助け起こしてもらった手を振り払う。もちろん怜に堪えた様子はない。

ちなみに一号がこっち、と恐竜の式神を紹介されるが、そんな紹介はまったくいらない。

そもそも、一号も何も、その式神は最初からおもちゃだ。おもちゃと呼ばれる物だ。でも絢斗は、半分とはいえ人間である。おもちゃではない。

「君が主人とかやっぱりやだ！　怖い！　ねえ解除して！」

しかし怜は聞く耳なんて持たずに歩き出し、大通りへと進んでいく。

慌てて追いかけようとしたのに、そのとき湿気を帯びた向かい風が吹いて、絢斗は咄嗟に目を瞑った。

次に目を開けたときにはもう、彼の姿は忽然と消えていた。

第二章　口裂け女と口裂け女

福溝雪乃（ふくみぞゆきの）は怒っていた。そろそろストレスが爆発しそうだった。

会社に入ってきた新人の若い女性社員は、芸能人並みにかわいいと一躍有名になり、男性社員の視線を一身に浴びている。

確かに彼女はかわいい。同性から見てもそう思う。

だから、彼女がただかわいいだけなら、雪乃だってここまで腹を立てない。

雪乃は彼女の教育担当に任命された。営業事務の仕事は、文字どおり事務仕事だが、営業担当を縁の下で支える重要な役割を担っており、その業務内容は多岐に渡る。

雪乃だって自分の仕事で手一杯なのだから、本当は新人を教育している暇なんてない。

それでも任されたからには責任を持ってやる。それが社会人というものだと、雪乃は思っていた。

が、その新人は、何を教えても空返事。何回教えても覚えない。仕事は遅いし、仕事が残っていても定時で帰る。

そのわりに来客の対応だけは率先してやりたがる、扱いにくい後輩だった。

彼女が仕事のできない人間でも、雪乃に迷惑がかからなければ問題はない。雪乃はただ彼女から距離を置いて、他人事のように過ごすだけでいいのだから。

　しかし、教育担当であるせいで、彼女のミスは雪乃のミスにされ、彼女が上司から怒られるときは雪乃も一緒に怒られた。

　そのくせ、彼女の尻拭いをするために雪乃が残業していても、やはり彼女は先に帰る。男性社員からの「まあ新人だし、仕方ないよ」という空気が業腹だ。

　新人だからといって許される限度はとっくに越えている。

　自分のミスは自分で払拭するのが、人としての当然ではないのか。新人なら他人に全部押しつけて帰っていいのか。

　同僚の女性社員は、陰で新人の悪口を言うだけで、みんなが関わりたくないと口を揃えて近づかない。結局雪乃の味方なんて一人もいなかった。

　極めつけは、彼女が会社の先輩と浮気しているという噂だ。

　なんでも、会社で二人が睦み合っているところを目撃した人がいるらしい。相手の男は社内に彼女がいると知れ渡っていて、女性側はみんながみんな「よくやるよ」と彼女を蔑んだ。

　本当に、よくやると思う。よりによって会社で。しかも社内カップルを相手に。

　けれど、雪乃が最も我慢ならないのは、仕事をしないで浮気していたということだ。

　彼女の浮気の噂はすぐに社内に広まったが、男性社員が口先だけで批難していることは感じとっていた。

まったくもって笑える。結局顔が良ければなんでもいいらしい。

仕事ができなくても、責任感なんてなくても、人としての倫理を踏み外しても。

顔が良ければ、水に流してもらえるそうだ。

あの顔に迫られたら仕方ないと、そんなふうに納得してもらえるようだ。

――ああ、気持ち悪い。

「お疲れ様、福溝さん。これ、差し入れ」

今日もその新人のせいで残業をしていると、営業部の進藤が缶コーヒーを片手に声をかけてくれた。

彼は雪乃より二つ上の二十八歳で、エリートが集まる営業部の中でも優秀だとされている。目立って美形ではないけれど、よく見ると整った顔をしており、社内では密かに人気を集めている男である。

ただ、雪乃が彼を好ましいと思っているのは、顔ではない。こうした細やかな気遣いや、よく怒っているのかと勘違いされるほど愛想のない雪乃に対しても、分け隔てなく接してくれるところがいい。仕事の評価も平等にする人だ。

「最近よく残ってるよね。俺も手伝おうか？」

「いえ、さすがに悪いので。でも差し入れはありがたくいただきます」

「うん、どうぞ」

この物腰の柔らかいところも好きだった。

それに彼は、以前、何かの飲み会で言っていた。

『俺、美人って苦手なんですよね』

その言葉は、顔にコンプレックスを抱えている雪乃にとって救いの言葉になった。

雪乃の顔は、一重で、目尻はつり上がり、鼻も口も大きい。おまけに愛想というものを母体の中に置き忘れてしまったので、初対面の人にはまず間違いなく怒っていると勘違いされる。

だから先手を打って「生まれつきこんな顔です、怒ってません」と聞かれてもないのに答えるのだが、ほとんどの人がそれでも雪乃を避けるなか、進藤だけは気安く接してくれた。

この恋が実るとは思っていない。顔のせいで恋愛事に消極的な雪乃は、自らアピールするほどの勇気もない。

この他愛のない会話を楽しめる、今の距離感がちょうどいい。

そう、思っていたのに──。

ある日、定時後の給湯室で、信じられない会話を耳にした。

「え、それ本当？　ショック～」

「ね。でも本当らしいよ。本人が言ってたんだって」

「本人って？　どっち？」

「進藤さん。ていうか、女のほうだったら半信半疑ってとこじゃない？　あの子、平気で嘘吐きそうだし」

「あ〜、確かに」

胸の奥がざわついた。まるで大量に蠢く虫を見てしまったときのように気分が悪くなる。

いや、決定的なことはまだ聞いていない。女が誰なのか、名前すら判明していない。

（違う。そんなはずない。だって、進藤さんは……）

彼は、美人が苦手だと言っていたのだ。だから入社時に「かわいい」と有名になったあの新人に、彼が興味を示すはずがない。

「え〜、でもやだ〜。進藤さんまであの女の毒牙にかかっちゃうなんて」

「ねー。ほんと最悪。進藤さんが恋人つくるなんてさぁ。それも、相手があの、悪女の戸田愛海なんてね」

人は絶望すると、本当に外の世界を自分の意識からシャットアウトするらしい。

それ以降も彼女たちは何かを話していたけれど、雪乃の耳に届くことはなかった。

（ああ、なんだ）

なんだ。そういうことか。

美人が苦手なんて嘘だった。やっぱり所詮、顔だった。どんなに仕事を頑張っても、評価されても、彼が選んだのはかわいい後輩。あの他愛のない、でも確かに距離を縮めていたささやかな時間は、彼にとってはなんの意味も成さないものだった。

（ふふっ。なあんだ）

彼の言葉を鵜呑みにした自分が馬鹿だったのだろう。結局人は見た目なのだ。見た目で選ばれる。かわいくない雪乃は、最初から彼の恋愛対象になんて入っていなかった。

もう、なんのやる気も起きない。なんで自分はあんな女のために残業なんてしているのか。彼女は今頃、進藤とデートをしているかもしれないのに。

全てが阿呆らしくなって、雪乃はさっさと会社を出た。通勤に利用している有楽町駅へ向かってとぼとぼと夜道を歩きながら、明日から何を糧に仕事を、いや、生きていこうかと考えていたとき。

「――ねえ」

まさに今、横を通り過ぎようとした見知らぬ相手に、急に声をかけられる。

「ねえ、あなた」

周りに人影はない。気づかないふりをしてやり過ごすには、無理のある状況だった。

相手の声が女性のものだとわかったのも、足を止める一因になった。これが男の声だったら、さすがの雪乃も止まらない。むしろダッシュで逃げる。

何か用かと思って視線をやれば、雪乃は眉間にしわを寄せた。

相手はもう夏を迎えたはずのこの時期に、なぜか赤いコートを着込んでいる。流れる長い黒髪には艶があり、少し離れた位置からでもわかるほど大きな瞳をしている。それを縁取る長いまつげや、マスクの上からでもわかるほどすっと通ったきれいな鼻筋。その全てに、雪乃は眉根を寄せた。

全身から漂う美人特有のオーラが、雪乃を相手への不快感で満たした。

八つ当たりだとはわかっている。それでも、もうずっと前から腹の底に溜まった怒りはすでに点火され、沸々と煮えたぎっていた。今さら沸騰したそれを冷まそうとしたって、急激に冷めてくれるようなものでもない。

雪乃はわざと冷たく言い放つ。

「なに？　道案内？　それとも何か助けてほしいの？　だったら他を当たって。私、今他人に優しくできるほど心に余裕なんてないの」

すると、相手がおもむろに自分の耳に手をかけて、マスクを外す。

「ねえ」

もう一度、そう呼びかけてきて。

「ワタシ、キレイ？」

ニタァと嗤うと、耳まで裂けた大きな口を見せつけてきた。真っ赤な口紅が印象的だ。

雪乃が驚いたのは一瞬である。他の人間なら恐怖を覚えるこの瞬間、雪乃は逆におかしさが込み上げてきて、あははっと笑った。

（――ふざけないでよ）

きれいかって？　そんなのは鏡を見てから質問しろ。誰に向かって訊いているのか。なんてタイミングだと、おかしくて仕方ない。

そんな整った顔で、自信があるような微笑みで、よくもまあそんな質問を自分に投げられるものだと苛立った。

「ほんっと、理不尽な世界」

こんな奴でさえ、自分より美人だという現実。

こんな奴でさえ、自分を嘲笑ってくる世界。

――ああ、所詮、この世界は。

（憎らしいほど、見た目ばっかりね）

＊

「はい桜庭、これ次の事件な。ギブユー！」

やけにテンションの高い上司から、絢斗は分厚いファイルを渡される。なんのファイルだ？　と疑問に思いながら受け取ると、表に書かれた事件名に思わず目を瞠った。それはここ数日世間を賑わせている連続通り魔事件だった。

今朝見たニュースが、ちょうどこの事件を取り上げていたのだ。

お天気お姉さんが例年より長い梅雨を告げた直後。女性キャスターが曇天よりも重い声で伝えた事件の概要。陰鬱のダブルパンチを食らわされたような気分になった絢斗は、それを振り払うべく熱いコーヒーを一気飲みして舌を火傷した。

その痛みも思い出して、顔を顰める。

「これ、特案に下りてきたんですね」

「やっぱニュースで知ってた？　それ見ればわかるけど、被害者ほぼみんな顔ズタボロよ。いわゆる猟奇的事件ってやつ。これが人間の仕業だったら、近年稀に見るイカれ野郎の仕業だな」

伊達の言うとおり、渡されたファイルの中には、容赦なく顔を傷つけられた被害者たちのモノクロ写真がある。いや、写真をコピーしたものを綴じているようだ。見事に口の両端を裂くように斬られていた。

男も女も、大人も子どもも関係ない。共通点なんて見当たらない被害者たち。

死人は出ていないものの、世間を恐怖に陥れるには十分すぎるインパクトを持つ事件である。

「係長、ちょっといいですか」

「はい桜庭くん、なんでもどうぞ」

「この傷跡、口裂け女にしか見えないんですが」

口裂け女とは、様々なルーツを持つ妖のことだ。その正体は整形手術に失敗した女性だと言われたり、精神病患者だとされたり、初期の初期は農民の怨念が原形とする説もある。

面白いのは、岐阜県を発祥とする口裂け女の伝説は、子どもを塾に通わせられない貧しい家庭の親が子どもに塾へ通うことを諦めさせるために創作した話だとされているところだ。

いずれにせよ、そうして多くの人間を介して存在が広まり、たくさんの恐怖が伝播した結果、本物の口裂け女が生まれた。

見た目は色々なパターンが伝えられているものの、一貫しているのはマスクをしていることと、耳元まで裂けた大きな口である。

だから被害者たちの写真を見たとき、絢斗が真っ先に思い浮かべたのは口裂け女だった。

そしてそれは、絢斗だけではなかったらしい。

「俺も同じ意見。だから気になってさ～。奪（と）ってきちゃった」

「『奪ってきちゃった』!?　下りてきたんじゃなくてですか!?」

「そうそう。だからほら、いつもの事件記録じゃないだろ？」

「ファイル（これ）、そういうことだったんですね」

なぜ「次の事件」と言いながらいつもの事件記録ではなく、見慣れないファイルを渡されたのだろうとは思っていたが、事情があったらしい。

伊達曰く、この事件は世間を賑わせすぎたということで、上層部が解決に躍起になっているという。

――何がなんでも犯人（ホシ）を挙げろ。重要参考人（グレー）でもいいから見つけ出せ。

上層部がそこまで焦っているのは、次の被害者を出さないためというのもそうだが、なんと、ネット界隈では絢斗と同じように考えた人々が『口裂け女の再来か!?』と囃し立てているせいもあるらしい。

ネット社会と言われる今、こういう話題はすぐに広まる。人は単なる猟奇的な事件よりも、妖怪といったエンターテインメント性のある事件のほうが面白くて仕方ないのだ。なぜか自分には無縁の事件だと思い込んで、ただただその話題性にだけ食いつく。

上層部の懸念が、痛いほどよく解った。

「そういえば口裂け女の伝説が語られた当時、色々パニックになったんでしたっけ。ネットなんて一般的に普及していないような時代でさえパニックになったんだったら、今はもっとやばそうですよね」

「そうなんだよな～。桜庭詳しいじゃん。もしかして妖の勉強でもしてんの？　偉いな。ご褒美にあとで俺の特製コーヒー牛乳やろうか？」

「……えっと、ありがとうございます」

本当は「いらないです」と答えたいところだが、上司の厚意を無下にもできない。

伊達の言う特製コーヒー牛乳とは、あのコーヒーと牛乳を混ぜずに、別々のストローで飲むものだ。伊達はあの飲み方をどうにか布教したいらしく、ことあるごとに部下たちに勧めている。

「とにかくこれ、その当時と同じ状況にならないといいですけど」

絢斗がそうこぼすと、伊達も頷いた。

「当時は集団下校やらなんやらと社会的にパニックになったらしいからな。口裂け女のふりをした女が銃刀法違反で捕まったってのも有名だ。まあ、そんなの関係なく、こういう世間の注目度が高い事件は模倣犯が現れやすい。上はそれも危惧してるんだろう」

なのに、と伊達は続けて。

「その上の中にさ～、うちのこと嫌ってる人がいて。あんな何をしてるのかわからん連中に任せられるかって、まー、ごもっともな意見でこっちに回すのを止めてたらしいんだよ」

ああ、と絢斗は苦笑する。

視えない人間からすれば、その言葉は出て当然のものだ。特案の先輩刑事に聞いたところによると、危うく係の存在さえ消されそうになったこともあるのだとか。それくらい、一般人にとって怪しい係なのは百も承知だ。

絢斗も視えなければきっと同じことを思っただろう。そして伊達もそう思うから、「ごもっとも」なんて認めるようなことを言った。自分たちが一般人に理解されにくいことを理解しているからだ。

「でもそれで被害者を増やすのも違うだろ？　ってなわけで、知り合いに無理言ってこっちにも回してもらったってわけ。殺人犯捜査二係は人間のホシを捜してるから、こっちはそれ以外のホシの可能性を念頭に捜査ってことで、よろしくな」

事件は別にいいけれど、他の要因で断りたいところをぐっと堪えて、絢斗はさっそく基礎調査をすることにした。

初夏を迎えたとはいえ、日本ではさすがに二十二時半を回ると当然のごとく外は真っ暗だ。定時過ぎちゃったなぁと、歩きながら灰色の空を見上げる。

伊達から渡された事件記録のコピーを読んでいたせいでこんな時間になってしまった。顔にぽつぽつと当たる雨が、記録を読んで昂ぶった感情を鎮めてくれるようである。

ちなみに、身体に落ちる雫は、消耗品庫で常備していた雨ガッパが弾いてくれている。

そうして到着したのは、桜田門から徒歩で二十分くらい先にある有楽町駅付近だ。隣には銀座があり、東京駅があり、日比谷公園も近くにあるので、買い物や観光には困らない町である。

平日はスーツ姿のビジネスマンが行き交い、居酒屋も並んでいるからか、それなりに人通りが多い。ただ駅から少し離れると、一気に閑散とする場所が増えるのもまた事実だ。

今回の事件は、被害者に共通点は見当たらないものの、事件現場はどれもこの有楽町駅周辺だった。

絢斗は被害者が襲われたという場所を順に歩いて回る。

第一の被害者は、若い女性だった。名前は戸田愛海。二十二歳。大きな瞳と愛嬌のある顔が印象的な会社員で、毎週水曜日のノー残業デーを利用した職場の飲み会を終えて、駅に向かう途中のことだったらしい。事件があったのは、被害者の話によると、五月二十五日の二十二時頃。白雪のような頬を裂く切り傷が痛々しかった。

第二の被害者は男性だ。名前は戸叶真司（とがのうしんじ）。三十八歳。年齢を感じさせない若々しい男前で、法務省で働く公務員。切れ長の目はエリート特有の鋭さを持っている。こちらは残業を終え、日比谷公園内を駅に向かって突っ切っているときに襲われたらしく、犯行があったのは六月一日。時間はだいたい二十一時四十分頃。頬を縦に走る傷がせっかくのイケメンを台無しにしていた。

第三の被害者は、前の二人と違って腕に軽傷を負っていた。名前は増田椋真（ますだりょうま）。十八歳。この春に大学生になったばかりだという、怜と同じ年齢の青年だ。襲われた日時は六月四日の二十三時頃。ランニング中だったらしく、腕の傷は振り下ろされる刃物から咄嗟に自分の身を守ったときに負ったものだという。日本人の平均を集めたような顔の造りをしており、怜と比べると地味な見た目である。

いや、この場合、比べる対象がよくないかもしれない。傍若無人でマイペースな怜は、しかしその容姿だけは一級品だ。同じ男でもたまに見惚れるほどで、その顔を思い出して絢斗はげんなりと息を吐き出した。その美貌をもってしても、目に余る彼の態度になんとも言えない気持ちになる。

ひと月ほど前に勝手に式妖契約をし、勝手に絢斗の主人になった男。

おかげで右耳のピアスのような契約の証を隠すのには苦労している。今は絆創膏で覆って誤魔化しているものの、早く髪が伸びることをひたすら祈る日々だ。

ただ、主従関係が生まれたからといって、絢斗と怜の日常に変化はない。絢斗を「おもちゃ二号」と言い放った怜に最初こそどんな無茶振りをされるのかと心配はしたものの、縊鬼の事件を解決してからは会っていなかった。

絢斗の許に『特異事案』認定できる新規の事件が来なかったのが一番の理由だが、できれば今後もこんなふうに穏やかな日々を過ごしたい。まあ、この連続通り魔事件が特異事案だったら、早々にこの日々に終止符が打たれるわけだが。

だから絢斗は、刑事としてはどうかと思うけれど、できれば犯人は人間であってほしいと思っている。

（でも、人がやったとは思いたくない事件なんだよなぁ）

東京駅寄りの皇居外苑付近で襲われた第三の被害者に続き、第四の被害者も、顔ではなく背中に軽い傷を負っていた。

四番目の被害者は、東京會舘の本館近くの道で襲われており、名前は立川（たちかわ）みのり、二十六歳。フリーターで、コンビニのバイト帰りだったようだ。六月六日の二十三時半頃のことである。

三番目と四番目の被害者は、おそらくうまく逃げられたおかげで顔に酷い傷を負わずに済んだのだろう。四番目の被害者にいたっては、勤務先のコンビニに駆け込んだらしい。

しかし、ついに昨日、五番目の被害者が出た。

名前は日下愛莉（くさかあいり）。まだ十四歳の少女だ。彼女は銀座にあるボイスレッスン教室に通っていたようで、その帰り道に襲われたと思われる。けれど特定された事件現場は、なぜか有楽町駅を挟んで反対側にある日比谷公園内だった。

詳しい犯行時刻はわからないが、彼女を助けた通行人の一一〇番通報の入電日時は、六月八日の二十一時四十七分。中学生にしては大人っぽいきれいな子だが、その成長途中のあどけない顔にも容赦のない傷が刻まれていた。

　彼女はまだ事件のショックから立ち直っておらず、詳しい証言は取れていない。だから伊達から渡された事件記録のコピーには、彼女本人ではなく、彼女の家族や一一〇番通報者からの証言しか載っていなかった。

　絢斗は全ての現場を見て回り、特に霊力の痕跡がないことを確認する。ただ、妖や幽霊の起こした事件だからといって、必ずしも現場に霊力が残るわけではない。

　ひとまず現時点で犯人像の絞り込みは無理そうだと思い、絢斗は昨夜の現場から桜田門に戻ろうと考えた。

　一応は二係の現場検証も終わっているようで、昨夜の事件現場の規制線も解かれている。明日にでも強行犯捜査第一係にいる同期から二係の様子でも訊こうかと思案した。両係はそれぞれ第一強行犯捜査と第二強行犯捜査に属しており、違う班ではあるけれど、同じフロアにいるのだから少しくらいの情報は持っているだろう。

（あ。泊まるなら、せっかく外に出たし、何か調達してから戻ろうかな）

　そう思い立ち、絢斗は方向転換した。警視庁内にも売店はあるけれど、もうとっくに営業時間は過ぎている。駅の近くにコンビニがあることを思い出して、絢斗はまた有楽町駅方面へと歩き出した。

　小雨とはいえ、さすがに雨の中を長い時間歩いていると、だんだん靴下に雨水が染み込んでくる。特案は事件の捜査だけでなく、妖や幽霊の事件を未然に防ぐ目的のもと巡回業務もこなしているため、よく外を歩き回る絢斗の靴にはちょっとだけ穴が開いているのだ。濡れた足先を気持ち悪く感じながら、はたしてコンビニに靴下は売っているだろうかと不安になる。

横断歩道の信号が赤に変わった。信号待ちをしているとき、絢斗は思い出したくないことを思い出してしまい、きゅっと眉根を寄せた。

実は、現場から特異事案と裏付けるものは何も見つからなかったが、昨夜の被害者以外の全員が口を揃えて証言していることがある。

『歩いていたら、いきなり声をかけられて「ワタシ、キレイ？」って訊かれたんです』

それは、まさに口裂け女の都市伝説で語られ、口裂け女のアイデンティティとも言える文言である。二係はこれを単なる愉快犯による戯言と見ているらしいが、特案の刑事である絢斗には悲しいことに戯言には聞こえない。

基礎調査に出る前、伊達に言われた言葉が脳裏に蘇る。

『だからこそ気をつけろよ、桜庭。ある意味二係との併行捜査なんだ。基礎調査なんてすっ飛ばして、協力者（れい）を呼んでもいいんだぞ』

絢斗は反射的にそれを断った。基本的に上司の言葉には逆らわない絢斗だが、怜が関わるときだけは違う。もう正体がバレる危険性を恐れることはないけれど、縊鬼の事件で共に捜査をしてそもそも性格が合わないことを認識した。薬局で買った胃薬は、怜と会わなくなってからその減少を止めているくらいだ。

そういうわけで、特異事案だと確信を持つまでは呼ばない。呼びたくない。

改めて決意して、青信号に変わった横断歩道を渡っていく。

大きな車道に車どおりは少なく、深夜を回る今は人通りもほぼない。建物に挟まれた一方通行の道を、確かさっき見かけたコンビニはこの辺だったはず、ときょろきょろしながら歩いていたとき。

「——ねえ」

たった今通り過ぎようとした一本の街路樹から、女性の声がした。

ひゅっと息を呑む。漂ってくる特有の気配に、その姿が木によって半分以上隠れていても、絢斗は嫌でも正体を掴んでしまった。

「ねえ」

身体が強張って動かない。相手が一歩踏み出した。歩道のアッパーライトに照らされて、その全容が露わになる。

季節外れの赤いコート。長い黒髪。顔の半分をマスクで覆う女。雨のなか傘も差さず、かといって濡れている様子もない異様な存在。

女がゆったりと己の耳に手をかける。その間も、絢斗はその仕草に釘付けになったように目を逸らせない。

妖について勉強していたときの、資料で見た口裂け女の絵が脳裏に浮かんだ。真っ赤な紅を塗った口は、人なんて簡単に飲み込めそうなほど大きく裂けていた。

次いで、今回の被害者たちの写真まで走馬灯のように脳内を流れていく。

（あ、終わった……）

自分で妖や幽霊に対抗できる力を持たず、自他共に認めるほど小心者の絢斗は、もったいぶるように外されていくマスクの下を気絶しそうな思いで見つめる。

そして。

「ワタシ、キレイ？」


「――ぶっはははは！　やっば超ウケる！　ひーっ腹痛ぇ！」

「瀬ヶ崎くん、ちょっと笑いすぎじゃない？」

二日前の夜、あわや口裂け女に襲われそうになった絢斗だが、怖がりゆえの俊足を発揮した結果捕まえることはできなかったものの、こうして無事に生還はした。

そのため、あまり気乗りしない相手を絢斗は渋々呼び出した。ＯＫのメッセージは意外とすぐに返ってきて、怜が指定した今日、こうして警視庁に来てもらった次第だ。

世間は土曜日ということもあって、特案の執務室にもほとんど人がおらず、怜は絢斗の隣の席の椅子を勝手に拝借して座っている。

彼はまだ笑い冷めやらぬ様子で続けた。

「だって絢斗おまえ、千秋の助言無視して俺を呼ばなかったあげく、口裂け女に襲われるって。そりゃ笑うだろ。もうなんなのおまえ、馬鹿なの？　いや馬鹿だったな。あーあー、きれいな肌に傷なんか作っちゃって……せっかくなら顔にもらってイイ男にしてもらえばよかったのに。残念だったな？　ぶふっ」

素直にイラッとしたので、自分の顔を覗き込む彼の顔面に拳を突き出した。難なく受け止められたのがさらに腹立たしい。

「で？　俺を呼んだってことは、特異事案でいいんだよな？　ま、これに関しては今さら確認するまでもないだろうけど。なんてったって絢斗の鎖骨の傷が証拠だし？　視れば視るほど吐き気がすんね、この残滓」

顎を上に押し上げられ、ネクタイも剥ぎ取られて、傷のある鎖骨を無理やり晒される。真一文字に走るそれは、もう血も止まって、すでに治りかけてはいた。が、直後は白いシャツが真っ赤に染まるほどの怪我だったのだ。

でも半分は妖の血が流れている絢斗は、怪我の回復速度が人間のそれとは全く違う。したがって、伊達には軽傷だと申告している。

「にしても絢斗、ちょっと弱すぎね？　まともに残滓も隠せねぇような雑魚じゃん、こいつっ」

言外に「おまえ半分とはいえ妖だろ。なに簡単にやられてんだ」と言われたような気がした。それには小声で抗議する。

「何を勘違いしてるのか知らないけど、僕は弱いよ。非能力者なんだから。最初から知ってるでしょ、そんなこと」

あくまでそう押し通す絢斗に、怜は「ふうん」と気のない返事をした。若干視線が痛いけれど気にしない。

「まあいいわ。とりあえずさっさと行ってさっさと帰るか。絢斗、車出せ」

「車？　ここから歩いて行けるよ？」

「終わったらそのまま帰んだよ。バイト一個キャンセルしておまえの尻拭いに来てやったんだから、ちゃんと送れよ」

そう言われると断れない。覆面パトカーの鍵を持って、怜と共に駐車場へ向かう。

その途中でちらりと盗み見た彼は、ひと月前と違って顔色が格段によくなっていた。まあ、さっきあれだけお腹を抱えて笑い転げていたのだ。確認するまでもなく元気なのはわかってはいたが、青くない顔にはほっとした。

やはり不調の原因は、多すぎる霊力にあったのだろう。

彼と不本意ながら契約したあの日から、絢斗の内(なか)に勝手に彼の霊力が流れ込んでくるようになったのは自覚している。絢斗自身は意識していないけれど、自分の中の妖がしっかり彼の霊力を喰っているからだろう。

それは本人の性格に似合わずなんともきれいに澄んだ力で、それでいて、なんとも――。

（おいしかった、んだよね。たぶん。この表現で合ってるかわかんないけど）

初めて身体が上質な霊力で満たされたあの瞬間、絢斗は思わず恍惚としてしまった。正気を取り戻すように自分の額をデスクに叩きつけたが、近くにいた同僚を驚かせてしまったのは申し訳なかった。

　そうなってようやく、怜が言っていた「やっと見つけた」の意味を理解した絢斗である。

彼の霊力は、言わば妖にとってご馳走なのだ。絢斗はまだ見えたことはないけれど、これは吸血鬼が血を糧にする感覚と似ているかもしれない。ようするに怜は、妖にとって極上の餌にもなる存在というわけだ。

　そうなると、たとえば他の妖を式にした場合、逆に霊力を喰われすぎてしまうだろう。

能力者にとって霊力を失うことは、ほぼ死を意味する。

　怜はそれを理解していた。だから安易に式妖契約を結ばず、特案に流れてくる妖や幽霊で力を発散していたのだ。

　その辺にいる浮遊霊で発散しないのは、もしかすると、案外彼が分別のある人間であることを示しているのかもしれない。

　そんな怜が絢斗との契約を決めたのは、たぶん、絢斗が半妖だとわかったからだろう。

彼にとっては一種の賭けのようなものだった。妖だったら喰われる危険性と隣り合わせでも、半分は人間の血を持つ半妖なら、あるいは――。

　その読みどおり、絢斗は生きるためにも、強くなるためにも、純粋な妖ほど霊力を欲しない。怜にとってこれほど都合のいい存在は絢斗以外にいないというわけだ。

　式神を肩に乗せて助手席に座った怜は、機嫌よく鼻歌を歌っている。元気そうで何よりだと皮肉めいた笑みをこぼした絢斗は、ゆっくりとアクセルを踏んだ。

最初にやってきたのは、絢斗が二日前に口裂け女と遭遇した場所だ。車を路肩に停めて、さっそく現場を確認する。少しだけ警戒はしたものの、今夜は口裂け女の姿も気配もなく、怜が「次行くぞ」と早々にこの場を離れようとする。

「次って、ここから近くの他の現場？　それとも、一番目の事件から順に？」

「行くのは三番目と四番目の現場」

え？　と絢斗は聞き返す。なぜその二つなのだろうと疑問に思ったからだ。それらの共通点といえば、絢斗と同じく口裂け女からうまく逃げられたということくらいだ。

絢斗の存在なんて無視したように、怜が有楽町駅方面へと勝手に歩を進めていく。それを見て、やはり彼の態度に体調の良し悪しなんて関係なかったようだとげんなりした。

縊鬼の事件で学んだ絢斗は、無駄な抵抗はせずに怜の隣に並ぶ。

「瀬ヶ崎くん、場所わかるの？」

怜には事件の重要なポイントは伝えたが、現場の住所など細かい情報は伝えていない。彼自身が要約して教えろと言ったからだ。

「おまえから聞いてないのにわかるわけねぇだろ。さっさと案内しろよ、絢斗」

「わからずに歩いてたの⁉」

どんだけマイペースなんだ、と思わず唖然とする。どうりでどちらの現場でもない方向へ向かうわけである。

絢斗は軌道修正をかけて、三番目の被害者が襲われた皇居外苑を目指した。

「瀬ヶ崎くんのそういうところ、逆に尊敬するよ……」

「んなことより絢斗、これ終わったら一万寄越せよ」

「急なカツアゲ！　いや、なんで？」

純粋に質問すると、なぜか怜が顰めっ面で絢斗を見下ろしてくる。

訳がわからず困惑顔を返したら、彼が気味の悪いものでも見るような目で吐き捨てた。

「そこで断らずに質問してくんのがキモイよな、おまえ」

「え、もしかして僕、何か試されてた？」

試すくらいなら悪口を言わないでほしいのだが。

「そこは即行で断れよ。一万だぞ」

「君が言うのっ？」

「でもおまえに拒否権はない。前におまえ、言っただろ」

「ねえ僕どこから突っ込めばいいんだろ……」

会話が嚙み合っているようで嚙み合っていない。話すだけで疲れる相手というのは本当に存在するらしい。

絢斗はそこで「あ」と小さく声を漏らした。

三番目の現場に向かうつもりだったが、有楽町駅の方から向かうと、必然的に四番目の事件現場のほうが先に見えてきた。

二日前に来たときと同様、夜だからか、辺りに人の姿は少ない。でもあのときと違って今夜は月が顔を出しているので、点在する街灯と合わせればまあまあ明るかった。

「僕が前に何を言ったかはあとで教えてもらうとして、あそこだよ。四番目の被害者、立川みのりさんが襲われたのは。ちょっと先にある街灯わかる？　あの下に犯人がいたんだって」

ふうんと、怜が聞いているのかいないのか判断のつかない相槌を打つ。

「今夜は誰もいねぇな」

「そうだね。まあ、これまでも現場が被ったことはないけど。——あ、そうだ。それで思い出した。これ、瀬ヶ崎くんに渡しておくね。念のためだけど」

絢斗はスーツの上着ポケットから個包装された黄色い飴を渡す。

手のひらに乗せられたそれを、怜がきょとんと見つめた。

「何これ。子どものお駄賃か？」

「なんでそうなるの。違うよ、べっこう飴だよ。瀬ヶ崎くん、知らないの？」

「……おい、まさかとは思うが、口裂け女の好物だからとか言わないよな？」

「え？　そうだよ？」

なんだ知ってるんじゃない、と絢斗が返すと、怜は煩わしそうに顔を歪めた。

それをどうせいつもの反応だと流し、絢斗は説明する。

「知ってるなら大丈夫だと思うけど、ほら、口裂け女に好物のべっこう飴をあげると、舐めるのに夢中になって襲ってこなくなるって言うでしょ？　その隙に捕まえるんだよ。君が強いのは知ってるけど、何事も万全を期して損はないからね」

鶏が先か、卵が先か。そんな因果性のジレンマのように『妖が先か、怪談が先か』という議論がある。

もともと存在していた妖が見鬼持ちによって大衆の知るところになった場合と、娯楽や勘違いなどから話が生まれ大勢に広まって怪談となり、その恐怖が本物の妖を生んだ場合。

口裂け女は、後者である。

といっても、口裂け女は語られすぎていて、様々なパターンが存在する。絢斗が二日前に視たときは赤いコートを着ていたけれど、白いコートを着ているパターンや赤い傘を持っているパターンもある。

怪談によって生まれた口裂け女が、その後どういう遍歴になるかは生まれた口裂け女次第というわけだ。

ただ、やはり怪談がもとになっているため、その中の何かしらの弱点を持って生まれている可能性は高かった。

そこで絢斗は、今日のためにべっこう飴を準備していた。スーパーに売っているので手に入れやすかったのだ。

「でもさ、よく考えたらこれ、口の中に入れるのってなかなか至難の業だよね？」

今さらそのことに気づいてしまって一人反省していたら、怜が感情の窺えない瞳でこちらを見ていることに気づく。

「瀬ヶ崎くん？　やっぱりコントロールいるし、無理そう？　あ、でも大丈夫！　語られてる弱点は他にも――」

「誰もそんな話してねぇんだよ。おまえ本当にびっくりするくらい馬鹿だな」

「いや、そんな話もしてなかったと思うけど」

「これはお人好し……てか心配性？　過保護？　キモイ」

「最後の悪口いらなくない？」

「子ども扱いしてんなよ」

ぎろりと睨まれて、絢斗は内心で困惑した。睨まれているのに、眉間にしわを寄せる彼の表情がなぜかよるべのない子どものように見えて、どう反応すればいいのか迷った。

「忘れんなよ、絢斗。前にも言ったけど、俺はおまえより強いんだ。弱い奴の力なんていらない。必要ない。俺はおまえを守らない。だからおまえも、俺のことなんか考えんな。心配されても迷惑なだけだ」

怜が飴を道の端に放り捨てる。絢斗は慌ててそれを拾って、また場所もわからないくせに歩き出した怜の背中を眺める。

確かにひと月前にも、似たようなことを言われた覚えがある。弱い奴は嫌いだ。自分の身は自分で守れ。俺は守らない。彼は同じことを口にしている。

なのに、なぜだろう。そのときとニュアンスが違って聞こえるのは。

今の言葉だとまるで「俺の心配するくらいなら自分の身の心配をしろ。弱いんだから」

そう言われているような気がした。

（いや、そんなまさか）

だって相手は、あの瀬ヶ崎怜だ。傍若無人で身勝手で、人の話なんて聞かなくて、独善的な振る舞いをする問題児。

（そんな、まさか、ね？）

そう思うのに、以前のように怒りが沸いてこない。

弱い者を嫌う怜。憎んでいるようにすら感じた。

そこに何か理由があるのだろうかと、前に少しだけ思った。

（そういえば僕、瀬ヶ崎くんのこと、何も知らないな）

最初はとにかく自分の正体がバレないように振る舞うので精一杯で、怜のことにまで意識が向かなかった。

噂どおりの彼の態度を目の当たりにして、噂どおりの人間だと決めつけていた。

大学生で、弱者が嫌いで、陰陽術の使い手で、絢斗の主人で協力者以外のバイトもしていて、自信家で、勝手な男。

この仕事は、担当者と協力者の信頼関係が肝要だ。だから絢斗は、これまでの協力者とは事件が解決すると一緒に食事に行ったりした。そこで親睦を深めていたのだ。

前回怜とは行っていない。嫌がられそうだったのと、絢斗自身が関わりたくなかったのもあって。

（でも、正体バレちゃったし、一応主人だし）

　何より、仕事の相棒だ。

　ここらへんで一度、彼を知るための機会を設けてもいいような気がした。自身の多すぎる霊力の問題を解決しない限り、なんだかんだいって、彼が絢斗を害するようなことはないように思うから。

「――ってあれ⁉　瀬ヶ崎くんどこ行った⁉」

　いつのまにか思考の底に沈んでいた絢斗は、我に返ったとき怜の姿がないことに気づく。

　焦って大通りに出てみれば、右に曲がった先に彼の後ろ姿を見つけた。三番目の事件現場に行こうとしているのだろう。と思って、すぐに「あれ？」と首を捻る。

　確か彼は、現場の場所なんて知らないはず。なのにどういうわけか歩いている方向は正しい。

　実は三番目の場所だけ知っていたのだろうか。絢斗も緩く走り出したが、本来左に曲がる交差点を彼はまっすぐと進んでしまう。

「やっぱり知らないんじゃん！」

　慌てて全力で駆け出した。知らないのになぜあんなにも迷いのない足取りなのだろう。

　絢斗に絶対聞こうとしないところが彼らしいと言えばらしいけれど、連れ戻すこちらの身にもなってほしい。

皇居の壕に沿って追いかけていたとき、怜がぴたりと足を止めた。

〈――絢斗〉

突如、頭の中に怜の声が響く。幻聴を疑ったが、視界の先にいる彼が絢斗を少しだけ振り返り、挑発的に笑った。

その瞬間、背筋にぞわりとした寒気が走る。怜の身体で隠れていたモノが、絢斗の視界にも映った。

赤いコート。長い黒髪。マスクをした女。

怜が再び歩き出す。二人の距離は絢斗と怜の間にある距離より近い。間に合わない。だから、彼の背中に向かって思いきり叫んだ。

「瀬ヶ崎くん！　余計なこと言っちゃだめだからね！」

口裂け女には、「キレイ？」の問いに対して「きれい」とも「きれいじゃない」とも答えてはならない。どちらにしても面倒なことになるからだ。

「ワタシ、キレイ？」

近づいた怜に、口裂け女がプログラミングされたロボットみたいに同じ質問を投げかける。

〈今度こそ見てろよ、絢斗。俺が一人でも十分だってところ〉

幻聴じゃない。これは間違いなく怜の声だ。式妖契約の影響だろう。

絢斗は自分が口裂け女に襲われたとき以上のダッシュを決め込んだ。

しかし、絢斗の心配をよそに、怜が愉しげに言い放つ。

「そんなこと訊いてくる時点で自信過剰なんだよ――ブスが」

「ヒ、ドォ、イィィ……！」

マスクを外した口裂け女が、ポケットに隠し持っていたらしい包丁を振り上げる。

怜の瞳が好戦的に光った。月の明かりを帯びてか、横から見えたそれは金色に輝く。

いつもならその色に身体を強張らせる絢斗も、目の前で自分の協力者が襲われそうになっていれば気にしてなんていられない。

全速力をもって追いついた絢斗は、無我夢中で怜の腕を掴んだ。追いつかれると思っていなかったのか、彼がぎょっとした顔をする。

一秒も無駄にするかと、絢斗はそのまま皇居の方へ逃げ出した。

「絢斗てめっ、見てろっつったろ！」

「見てろじゃないよ！　ねえそっちこそ馬鹿なの⁉　余計なこと言っちゃだめって言ったよね⁉　言ったらああなるの、わかってたよね⁉　ああほらっ、ものすごい形相で追ってきてるじゃん！」

絢斗のときは、口裂け女の問いに何も答えなかった。だから彼女の怒りはそこまでではなかったのかもしれない。

けれど、よりにもよって怜は、一番言ってはならない言葉で傷つけた。

そう、傷つけたのだ。

「口裂け女だって女性なんだからね！　あんなこと言っちゃかわいそうでしょ⁉」

そう言うと、怜が「は？」と白けた表情になる。

「なにおまえ、半妖だから妖も守備範囲なわけ？」

「なんでそんな話になるの！　あとね、強いからって無駄に相手を挑発するのやめてくれる⁉　僕の心臓がもたないからっ」

いくら好ましくない相手といえども、さすがに死んでいいとは思わない。怜の実力を疑っているわけではないけれど、目の前で襲われそうになっていたら勝手に身体が動いてしまうのは仕方ないと思う。

なぜなら絢斗は、人間がいかに脆く、時には一瞬でその命を散らしてしまうことを知っているからだ。だから能力の強さに関係なく、不安になる。

「あー、やる気萎えた。もういいよ。じゃあ絢斗がなんとかしろよ、あれ」

ぐんっと、急に前へ進めなくなった。それまで絢斗に引っ張られるがままだった怜が、逆に絢斗の腕を引っ張って止めたらしい。

立ち止まった場所は奇しくも三番目の被害者が襲われた現場付近だ。整った道と芝生が広がっている。

振り返ると、口裂け女が髪を振り乱しながらもうすぐそこまで迫っていた。

「あ。ちょうどいいからさ、俺、おまえの妖の力が見たい」

何がちょうどいいだ。反論したい気持ちをぐっとこらえる。どちらにしろ、見せたくても見せられない力だ。

絢斗は口裂け女に向かってべっこう飴を投げつけた。しかし何を投げられたか怒りで気づかなかったのか、はたまたこの口裂け女にとって好物でもなんでもなかったのか、虫を叩き落とすように手で払われた。

「ぶはっ。だめじゃん絢斗」

「笑いごとじゃないよ！」

「ほらほら～、どうすんの。来るよ。そんなに俺に力見せんの嫌なら、逃げたら？」

ああ、本当に。近づいてくる。もうすぐそこだ。どうする。他に残っている口裂け女の弱点は――。

（そうだ、思い出した！）

絢斗は腹に力を入れた。

「ポマード!!」

いきなり叫んだ絢斗にびっくりしたらしく、隣にいた怜がぽかんと口を開ける。

ポマードとは、油を練って香料を加えたスタイリング剤のことだが、怪談の中の口裂け女はこれが嫌いなのだ。理由は、整形手術を失敗した医者がつけていて、そのときの匂いを思い出すからだという。初めてそれを知ったときは「プルースト現象か」と突っ込んだ覚えがある。さすが人間の語る怪談は、人間らしい理由をつけるものだと興味深く思ったものだ。

とにかくこれを三回唱えると、口裂け女は怯むはずなのだ。

続けて残りの二回を唱えた。

「ポマードポマード！」

口を開けて固まっていた怜が、たまらずといった体で噴き出す。馬鹿にされようと絢斗は真剣である。

――が。

「死、ネェェエ！」

「全然効いてない!?」

「あははは っ！　ギャグかよ。もう諦めて逃げろよ、絢斗」

ついに間合いに入ってきた口裂け女が包丁を大きく振りかぶった。

怜は隣で爆笑するだけで、逃げる素振りも、自分の身を守ろうとする様子もない。

自分一人ならいざ知らず、彼を置いて逃げることなんてできるわけもなかった。縊鬼の事件のときとは状況が違うのだ。陰陽術は霊力攻撃は防げても、物理的な攻撃には弱い。

「ああもう……！」

どうせ自分の身体は回復が早いからと、一太刀くらいは食らう覚悟で口裂け女の懐に踏み込む。相手を妖だと思うからだめなのだ。相手は人間。そう人間。人間の犯人なら、警察学校で散々捕まえる術を学んだ。

絢斗は突き出された包丁を左に躱すと、女の腕を掴む。刃先が腕を掠ったが気にしない。

そのまま相手の力を利用して、女の身体をうつ伏せの状態で地面に倒した。

は、は、と短い呼吸を繰り返す。

その一部始終を見た怜は、鳩が豆鉄砲を食ったような顔になっていた。

「放セェ！」

「わっ、ちょ、大人しくしてっ」

瀬ヶ崎くん！　と、呆然とする怜の名前を呼ぶ。

「今のうちに拘束してくれない⁉　僕じゃこれが限か――」

「〝縛〟」

すると、絢斗が言い終わらないうちに怜が捕縛の術をかける。妖に通常の手錠なんて意味を成さないので非常に助かった。

けれど、なんだろう、この感じは。怜が怖いくらい真顔だ。さっきまであんなに笑っていたのに。その落差が不気味すぎる。

「あの、瀬ヶ崎くん？」

怜は絢斗を無視して、倒れ伏す口裂け女に向かって恐竜の式神を差し向けた。

「トリィ、喰え」

そのひと言の後、手乗りサイズだった式神が見る見る大きくなっていく。絢斗や怜の身長を軽く超し、見上げるほどの巨体になると、大きな口を開けて文字どおり口裂け女を食べた。

「何してるの⁉　被疑者なんだけど！」

「うるせぇ。本当に喰ったわけじゃない。これで運ぶだけだ」

絢斗は一拍置いてから意味を理解して、胸を撫で下ろした。びっくりした。本当に食べたかと焦った。口裂け女にはまだ事件について聴取する必要があるので、食べられるのはとても困るのだ。

口裂け女を口の中に収めた式神は、もとの手乗りサイズに戻ると怜の肩の上に収まった。

「その子、トリィって名前なの？」

何気なしに訊ねたら、怜から鋭く睨まれる。

「なに？　文句あんの？」

「ないよっ。ただ訊いただけでしょ」

「言っとくけど、俺はこんな安直な名前は付けねぇからな」

「え？　安直なの？」

そういえば最初に見たときにトリケラトプスかなとは思ったが、その話を踏まえると、どうやら本当にトリケラトプスだったようだ。

「じゃあ誰が付けたの？」

すると、怜が一瞬だけ顔を歪める。単純ではない複雑な表情に、絢斗は頭上に疑問符を浮かべた。

雑談のつもりで質問したのに、予想外に思いつめた反応が返ってきて戸惑う。それは怒っているようにも、哀しんでいるようにも、あるいは落ち込んでいるようにも見えた。

怜は絢斗に答えることなく、車を停めた方へと歩を移す。気分の変化がジェットコースター並みだなと嘆息して、絢斗はその背中を追いかけた。

車に乗り込むと、怜が思い出したように「一万、よろしく」とちゃっかり求めてきたのには、さすがにあんぐりと口を開けた。


「――で、桜庭はそれで本当に一万を渡したと」

口裂け女を捕まえた、二日後の週明け月曜日。出勤してきた伊達に口裂け女に関する報告をしている途中で、話が怜とのやりとりに及んだ。

そこで絢斗は、ついでに彼のことを訊ねてみたのだ。どうやら彼を協力者として採用したのが伊達らしいと風の噂で聞いていたので。

狭い執務室では、他に数人の刑事が各自のデスクで仕事をしていたが、怜の名前が出るとみんなの意識が一瞬だけこちらに向けられた。おそらく「今度は何をやらかしたんだあの問題児は」という好奇心と呆れからくるのだろうが、ここまで刑事たちに注目される協力者もいまい。

二本のストローで器用に特製コーヒー牛乳を飲みながら思案していた伊達が、立っていた絢斗に適当に空いている椅子を持ってこいと勧める。捜査で外に出ている先輩の椅子を借りて、絢斗は促されるまま伊達の隣に座った。

「怜にお金を脅し取られたかわいそうな部下に、まあ、少しは話してやるかな」

そう言って、伊達が声を潜める。

「俺があいつを特案に引っ張り込んだのは、あいつが高二のとき。ちょっと厄介な事件があって、俺も現場に出てたんだわ。その捜査中、高校生が明らかにヤクザとわかる連中とやり合ってて」

「ちょっと待ってください。まさかその高校生が」

「そ。怜な」

絢斗は口角を引きつらせた。確かに彼は血の気の多そうな性格をしているけれど、まさかヤクザと喧嘩するほどとは思っていなかった。

「そんときあいつさー、年誤魔化してキャバクラでボーイやってたわけ。で、あいつあの顔だろ？　キャバ嬢にマジ恋されててさ。そのキャバ嬢の太客が、何かの拍子にそれを知っちまったんだよ。その太客ってのが、さっき言ったヤクザね。そいつ結構ねちっこい卑怯者だったらしくて、怜に直接危害を加えるんじゃなくて、怜の大事なもんを狙おうとしたんだ」

伊達が言うには、怜はグループホームで育ったらしい。いわゆる児童養護施設だ。

それを聞いたとき、さすがの絢斗も息を呑んだ。あの傍若無人な彼からは、全く想像できない生い立ちだった。

怜の大事なものというのが、そこで一緒に暮らす子どもたちだという。

「ヤクザはお決まりのごとく子どもたちの写真を見せて怜を脅した。それに怜がブチ切れて、店の前で乱闘騒ぎ。通行人が一一〇番通報もしてたんだが、捜査で近くを通りかかってた俺も騒ぎに気づいて駆けつけたんだ。いや～、すごかったぞ～。三対一なのに、三人いたヤクザのほうがボコボコにされてんだから」

うわあ、と思わず声を漏らしてしまう。その光景がありありと想像できてしまった。

「で、そんとき怜が、人目を盗んで形代を使ったんだよ。びっくりして、ついその場で『うちに来い』って口説いちゃったってわけ」

怜が協力者になった経緯を知り、絢斗はなんとも言えない気持ちになる。彼らしい一面と、意外な一面。彼も親には恵まれなかったのだろうかと親近感を覚えてしまったが、他人様の事情を勝手に推測するのは失礼だろうと頭を振った。

「形代って、まさか一般人……と言うと語弊がありそうですが、人間の喧嘩に使ったんですか？」

「違う違う。子どもたちの無事を確認するためだ。桜庭が渡した一万、答えないとは思うが、使い道を怜に訊いてみるといい。子どもたちに何か買ってあげたのかって訊きゃあ、あいつ絶対動揺するぞ。無駄に怒ってくるからわかりやすいんだよな」

すでに一度その経験があるように、確信めいた声で伊達が笑う。

「悪い奴じゃないんだが、利用できるものは利用する奴だからなぁ。取れると思った奴からは容赦なく絞り取ってくるから、桜庭もあんま甘やかすなよ」

「いや、甘やかしてるわけではないんですけど……」

絢斗が断らなかったのは、もともと縊鬼の事件のときに約束していたからだ。

――〝守ったら、何か奢ってあげる〟

そして怜は、あのとき確かに絢斗との約束を守り、縊鬼が来る気配を察知して連絡してくれた。

つまり、身から出た錆だったというのと、怜とは食事にも行けていないし、と考えた結論から「今回だけ」と言って渡したのだ。

大学生なら遊ぶお金もほしいかと呑気に考えていた自分の想像力の乏しさが恥ずかしい。

絢斗は長い息を吐き出しながら、両手で自分の顔を覆った。

「ちょっと、色々衝撃的すぎて、頭が追いついてないです」

「仕方ないさ。普段があれだから」

「……ちなみに、瀬ヶ崎くんのご両親は」

「それは俺も知らないんだよ。あいつ自分からそういうの言わないし」

確かに、と頷く。たぶん、だから伊達は、今の話を絢斗にしてくれたのだろう。怜は絶対に自分では言わない。

でもこの話を他の刑事から聞いたことはないから、伊達も誰かに話したのは初めてなのだろうと思う。

「僕これ、聞いちゃって本当に大丈夫でした？」

「大丈夫、大丈夫」

伊達が軽い調子で手を振る。

「桜庭だけだから。あいつのこと教えてほしいなんて言ってきたの。俺はそれが嬉しかったんだよ」

まるで父親のような眼差しをするんだなと思った。もしかしたら伊達本人は本当にそのつもりで怜と接しているのかもしれない。そう思うと、これまでの二人のやりとりが急に父親と反抗期の息子の喧嘩みたいに思えてきて、絢斗はちょっとだけ吹き出した。

「それで、話を事件に戻すけど。口裂け女の事情聴取は今日やんのか？」

「はい。先日僕を襲ったのと、二日前の件は僕が生き証人なのでいいんですが、他の件の裏取りをしようかと。あとで出張の許可をもらえますか？」

「おう。もちろん」

口裂け女の身柄は、すでに怜の式神であるトリィの中にはない。罪を犯した妖を収容する専門の施設が近くにあるため、今はそこで大人しくしてもらっているところだ。

「んじゃ、あとは口裂け女の供述次第だな。大人しく全部吐いてくれりゃ、この連続通り魔事件もやっと幕が下りる」

伊達の言葉に、絢斗は微妙な反応を返す。気づいた伊達が「どうした？」と首を傾けた。

正直、絢斗も伊達と同じ考えだった。あとは口裂け女から事件の全容を聞いて、間違いなく彼女が犯人と断定できれば、この通り魔事件は終幕すると思っていた。

「実は、瀬ヶ崎くんがまた来るって言うんです」

「また？　口裂け女は捕まえたのに？」

「そうなんですよね……。僕もよくわからないんですけど、土曜日に口裂け女を捕まえて、一度ここに戻ってきたんですよ。そのときに事件記録のコピーを見たいって言うんで、見せたんです。そしたら――」

最後に怜を自宅の古いアパートまで送り、彼が車を降りるためにドアを開けたときだった。次の水曜日にまた行くと言って、彼はドアを閉めた。そのときの彼の表情は、いつかの絢斗に向けたものより冷え冷えとしていて、おかげで絢斗はしばらく車を発進できずにいた。彼の放つ冷たい怒気に当てられたからだ。

（あれ絶対、キレてたよね。でもなんで？　確かに気分の悪い事件だけど、猟奇的だったのは最初からわかってたわけだし。それに瀬ヶ崎くんって、他人のことであんなに怒るタイプじゃないよね？）

失礼な思い込みではあるけれど、単なる思い込みというわけでもない。怜自身が自分をそんなふうに証言している。自分にとってどうでもいい相手なら見捨てると。

まさか被害者の中に知り合いでもいたのかと思ったが、すぐにその考えは取り下げた。それなら最初から怒っているはずなのだ。被害者の名前は伝えていたのだから。

「とりあえず、まずは口裂け女の聴取に行ってきます」

「ああ、頼んだぞ――」

『ワタシ、キレイ?』以外の言葉を発しようとしない口裂け女の事情聴取は、正直に言って難航した。

事情聴取の際は、施設の専門職員が妖の力を抑えてくれているので、絢斗のような非能力者の刑事だけでも対応できる。

そのため絢斗は、ひたすら黙秘を続けた。黙って、黙り続けて、施設の職員が退屈そうにあくびをするまで沈黙を貫いた結果、白旗を上げた口裂け女が事件のことを話してくれた。完全なる粘り勝ちである。

ただ、そうして苦労して手に入れた情報に、絢斗はどうしたものかと頭を抱える羽目になっている。

出張先から急いで桜田門に戻った絢斗は、とっくに定時を過ぎて誰もいない特案の執務室で何度も何度も捜査資料を読み返していた。

そのままいつのまにか寝落ちして、最初に出勤した先輩に叩き起こされ、また資料と睨めっこをする。

もう一度現場も確認しに行き、周辺の聞込みもした。が、有力な情報は何も得られない。

絢斗がこれほど必死に事件を洗い直しているのは、口裂け女が事件を一部否認したからだ。

こういうとき、人間の犯人のほうがつくづく楽だと思う。

犯人が人間なら、目撃者やアリバイを探せばいい。けれど妖の場合、視える人が少ないので必然的に目撃者も少なくなる。今回の被害者たちのように、妖側に視せる意思があれば話は別だが、常にその状態で過ごしている妖は稀だ。それこそ人間になりきり、人間社会に溶け込んで生きているようなモノでもなければ。

アリバイだって、あるほうが不自然である。

（口裂け女が認めたのは、僕のときと三番目、四番目の被害者のとき）

どれもうまく口裂け女から逃げられたと思っていた事件だ。

逆に言えば、顔に傷を負った被害者の事件だけ、口裂け女は否認している。

それは、これまで共通点がないと思われていた事件の、共通点となる情報だ。

（となると、口裂け女の話にも信ぴょう性は出てくる）

ただ問題なのは、じゃあ誰が犯人かということだ。

絢斗は特案の刑事だ。人間の犯人は二係が捜している。ゆえに絢斗が考えるべきなのは、幽霊による犯行の可能性である。

口裂け女の話を信じるとすれば、今回の犯人は〝顔〟に執着を持っているように感じる。なにせ口裂け女が否認した事件の被害者全員が、世間でいう美男美女の部類に入るほど整った顔をしているからだ。その整った顔を、ずたずたに切り裂いている。

それが、絢斗が資料を読み返して見つけた共通点だった。

けれどそこから思考が進まない。月曜日からずっと家に帰っていなくて、警視庁で寝泊まりしている。おかげで今が何月何日の何時か把握できていない。

（さすがに、ねむ……）

事件によってはこういうこともある。先輩たちもよく仮眠室に泊まるので、みんな急でも泊まれるように必要なものは職場に置いていることが多い。

聴取した内容を伊達に報告すると、伊達は残念そうな顔をしながら二係の捜査状況を共有してくれた。

曰く、重要参考人を調査中らしい。

続けて、

『そっちが本命なら、うちの捜査はそこで切り上げだな』

とは言ってもらえたが、まだ〝被疑者〟でないところが二係の苦戦を垣間見たような気がした。

かくんっと首が落ちる。絢斗はもともと徹夜が苦手なタイプで、たった一日でも徹夜をすると一気に思考力が落ちるタイプだ。

自分の額とデスクがこんにちはを果たしても、起き上がる気力がない。

と思ったら、いきなり後頭部に重みが加わって、物理的に起き上がれなくなっていた。

「おーい。死んでんの、絢斗？」

その声で誰がのしかかっているのか把握する。

「……瀬ヶ崎くん。今日も元気だね、君は」

「おかげさまでな」

おかげさま？　と内心で首を捻ったが、すぐに「ああ霊力のことか」と思い至った。

式妖契約によって結ばれている二人は、絢斗が力を貸す代わりに、怜から霊力をもらう関係だ。普通なら霊力を奪われるなんて避けるところだが、怜の場合は霊力が多すぎて奪ってもらわないと逆に体調を崩すらしい。

ようするに、怜の健康のために無理やり契約を結ばされた絢斗だが、意外と彼が絢斗に無茶振りをすることはないので、最初こそ解除を迫ったものの今ではもう放置している。

「千秋に聞いた。口裂け女が一部否認したんだろ？　俺の考えと一致するから、ほら、死んでないで準備しろ」

鈍い頭ではすぐに彼の言葉を理解できず、絢斗は突っ伏したまま逡巡した。

ようやく理解が追いついてきたとき、その衝撃に思いきり顔を上げる。勢いよく怜を振り返った。

「俺の考えって何⁉」

「なんだよ元気かよ」

「『つまんねぇな』みたいな顔するのやめてくれる⁉　それよりなに、考えって。何か犯人に関することでわかったの？」

「逆にわかんねぇの？」

「うぐっ……ぐぅ……！」

とても悔しいが、そのとおりなので反論もできない。ニヤついた笑みを浮かべて人を小馬鹿にしてくる態度が、なんでもいいから言い返したいくらいに腹が立つ。

一応、見つけた共通点について共有すると、怜もそこは同じ考えだったようで呆気なく同意された。

「絢斗。もう一つあるだろ、共通点。俺が今日を指定したのはなんでだと思う？」

「え？　予定がないからじゃないの？」

「馬鹿か」

「痛ぁ!?」

前頭部にトリィの尻尾チョップを食らう。

「事件のときはなるべくこっち優先してるに決まってんだろ」

「そ、そっか」

意外だ、と思ったけれど口にしない賢明さは絢斗にもあった。

でもそういえば、絢斗が口裂け女に襲われたあと、怜は他のバイトを調整して駆けつけてくれた。

縊鬼の事件のときも、自分の体調のこともあっただろうが、次の被害者を出さないよう迅速な解決のために動いていた。

（瀬ヶ崎くんって、あれ？　実は結構いい子？）

伊達の語った瀬ヶ崎怜という男の解像度が、ぐんと上がる。

「でもキャバのボーイは時給がいいんだよなぁ。そのときは事件起こすなよ、絢斗」

「それは犯人に言って⁉」

彼への評価を改めようとした途端に無茶振りをされて、やっぱり『いい子』は何か違う気がすると思い直した絢斗である。

「それで、なんで今日を指定したの？」

「今日は何曜日だ？」

絢斗は答えようと口を開きかけて、そういえば何曜日だろうとスマホをポケットから取り出した。

「水曜日だ。そっか、そういえば水曜日に来るって言ってたもんね」

何気なしに放った言葉に、怜がぴくりと反応する。そして何を思ったのか、絢斗の頬を鷲掴みにして視線を合わせてきた。こんなこと慣れるものではないけれど、もう何度も同じことをされてきた絢斗は、またか、と特に抵抗はしない。

「隈……おまえ、まさか寝てないのか」

「まあ、捜査中だしね」

「この馬鹿が」

絢斗の頭の上に乗ったトリィが、怜の代わりに絢斗を責めるように尻尾を額に叩きつけてくる。びたん、びたんと。チョップより痛くはないけれど、地味に鬱陶しい。

「睡眠時間の低下は集中力の低下、記憶力・運動能力の低下に繋がる。ただでさえ馬鹿で弱いのに、何してんのおまえ」

ぐうの音も出なくて黙秘権を行使した。

でもこれはもしかして心配してくれているのだろうかと、ちょっとだけ期待したが。

「それで俺の足引っ張ったら承知しねぇぞ。あとおまえが勝手に死ぬと俺の体調に影響するからマジでやめろ」

怜が絢斗の頬を突き放すように解放する。ちょっとでも期待した心は、スンと冷静さを取り戻した。彼が絢斗を心配するなんて、天地がひっくり返ってもないに違いない。

話題を事件に戻して、絢斗は続きを促した。

舌打ちした怜が事件記録のコピーを机上に広げると、被害者たちの証言が載っているページをぱらぱらとめくっていく。

「いいか、おまえが襲われたから、口裂け女が今回の事件に全くの無関係ってのはありえない。実際に口裂け女も一部は犯行を認めてる。それで犯行を認めていない事件だけに絞って注目した結果、絢斗は顔の共通点に気づいたんだろ？」

「そうだね」

「なら加えて、犯行のあった日付にも注目してみろ。一番目は五月二十五日、二番目は六月一日、三番目と四番目は口裂け女の自供があるから飛ばして、五番目は六月八日」

「全部水曜日だ！」

「そ。しかも一週間ごとのな」

「そして今日が、五番目の事件から一週間後の水曜日……！」

だから怜は今日来ると言ったのだ。そこまで突き止めた上で。

「え？　待って、じゃあまさか今日……」

「六番目の犯行がある可能性は高い。幽霊だろうが人間だろうが、とっ捕まえてぶっ殺す」

「口が悪い！　どっちにしても殺すのはだめだし、人間なら二係に引き渡すからっ」

じろりと睨まれて、肩が跳ねる。目線を彼からそっと逸らし、恐る恐る口を開いた。

「えーと、じゃあ、どれも夜の十時近い犯行だったみたいだし、ちょうど九時回ってるし、有楽町に、い、行こうか……？」

「ああ、その考えは悪くない。でもおまえに指図されんのはムカつく」

「わっ、なに——って首！　首絞まってる……！」

トリィが絢斗の頭から怜の肩に飛び移る際、思いきり額を蹴られた。しかもそれに怯んだ隙にスーツの上着の襟を怜に掴まれて、容赦なく引っ張られていく。

さすがに横暴がすぎる。部屋にいた仲間に視線で助けを求めたが、伊達には微笑ましく送り出され、先輩たちにはぐっと親指を立てられた。「グッドラック」と幻聴まで聞こえた気がして、絢斗は今度絶対に文句をぶちまけてやろうと心に誓ったのだった。

有楽町駅付近に覆面パトカーを停めた絢斗は、車から降りたときに水たまりを見つけた。どうやら日中は雨が降っていたらしい。今はすっかり止んでいるものの、空には分厚い雲が垂れ込めている。

つい三日前は最高気温二十七度を観測したというのに、今日は雨が降ったせいか、肌寒いのが辛い。徹夜続きで疲れている身体に寒暖差のパンチはよく効く。体感的には二十度にも届いていないだろう。

「――はい。そうです。なので係長のほうからお願いできればと……はい、ありがとうございます。失礼します」

絢斗は通話を切ると、スマートフォンをズボンのポケットにしまった。

今の電話は伊達宛てだ。怜によって強引に連れ出されたため、先ほどの推測を伊達に相談しそびれた絢斗は、経緯を説明し、今夜の有楽町周辺の巡回を増やすよう掛け合ってもらえないかと頼んだのだ。

犯人が人間だろうと幽霊だろうと、今夜に動く可能性が高い以上、絢斗と怜だけでは心許ない。

絢斗は少し先を行く怜に声をかけた。

「場所に共通点はなかったよね？　しいて言うなら、有楽町駅を挟んで日比谷側ばかりだったけど」

だから、今は皇居前広場を経由して、最終的には日比谷公園を目指している。この辺りは二十二時まで営業している店が多いのもあって、今の時間はまだ人通りもあり、町も明るい。遠くで聞こえるサイレンの音に、相変わらず東京は眠らない町だなと思う。

「なあ、絢斗」

「なに？」

「五番目の被害者からは、証言取れたのか？」

怜が振り返ることなく訊いてくる。

「それがまだらしいんだ。相当ショックを受けてるみたいでね。なんでボイスレッスンの場所が銀座にあるのに日比谷公園にいたのかとか、犯人の顔は見たのかとか、訊きたいことはいっぱいあるんだけど……。母親の話だと、ボイスレッスンはアイドルになるために通ってたんだって。でも――」

顔の傷は、おそらく痕が残るだろうと医者に宣告されたらしい。

絢斗には捜査一課に同期がいる。その同期からこっそりと教えてもらったその情報に、被害に遭った少女の未来を想像して言葉を失った。

（自殺、しないといいけど）

人は脆い。簡単に死ぬ。それは心身共に言えることだ。

対して妖は、人ほど繊細な心を持っていない。そして丈夫な肉体を持っている。

半分は妖の血が流れている絢斗も、その性質は受け継いでいた。そのせいとは断言しきれないけれど、絢斗はたまに自分でも自分が怖くなるほど非情になるときがある。

今だって少女の行く末を憂えているように見せかけて、彼女を思って怒りが沸くことはない。同期から聞いた話では、二係の捜査員は義憤に駆られて躍起になっているらしいのに。

「ふうん」

前を歩く怜の身体から、ゆらりと霊力が立ち上る。そこには彼の怒りが滲んでいた。このままでは出会い頭に犯人を殺してしまうのではないかという威圧感に、絢斗は別の話題を振る。

「せ、瀬ヶ崎くんは、どうしてわかったの？　他に犯人がいるって」

「まあ俺、おまえと違って馬鹿じゃないから」

「ひと言多いよ」

「理由は簡単。口裂け女が俺やおまえの顔を狙わなかったから」

「……そうだっけ？」

「おまえは逃げるのに必死で気づく余裕がなかっただけだろ。最初に絢斗の傷を見たときは、単におまえが躱したからだと思ってた。けど、実際に対面してわかった。あれは最初から顔なんて狙ってない。単純に人間を殺そうとする動きだった」

それはそれで恐怖ものなのだが、怜の言いたいことはなんとなく理解できる。

「それで違和感を持ったから、事件記録を見たいって言ったんだね」

「……おかげで俺の地雷も見つけたけどな」

怜が何かこぼしたが、絢斗の耳には届かない。

会話がしにくいと思って、絢斗は早足で彼に追いつく。隣に並ぶと彼が嫌そうに顔を顰めた。

「来んな。俺の後ろにいろ」

「なんで？　話しにくいんだけど。今だって最後のだけ聞こえなかったし」

「別に聞いてなくていい。それより絢斗、次の犯人は俺のだからな。口裂け女のときみたいに手ぇ出すなよ」

　歩いているうちに、前方に日比谷公園が見えてきた。

　ここは園内に市政会館や公会堂、レストラン、テニスコート、音楽堂など様々な施設がある広大な公園である。

　公園の周りは大通りになっているため、夜でも不自由ないくらいに明るい。

「瀬ヶ崎くん、知ってた？　それ完全にフラグだよ。そう言われて素直に『わかった』とか言うと思う？」

　なにせ、彼の普段の言動を鑑みると、いつ犯人を殺してもおかしくはないのだ。

「手を出すなって言うなら――」

　そのとき、絢斗のスマートフォンが鳴った。私用ではなく、支給されている公用のものだ。画面を見て伊達からの連絡だとわかる。

「桜庭です。どうしました？」

『おまえら今どこにいる？』

「えっと、もうすぐ日比谷公園に着きます」

『そうか。残念だがそっちじゃない。通信指令本部に入電があった。場所は銀座』

「まさか……」

『ああ、六番目の被害者だ』

　ここに来て有楽町駅を挟んだ反対側で事件が起きるとは思わず、完全に油断していた。

　絢斗は通話を切ったあと、怜と共に覆面パトカーで現場へ急行する。

　もうすぐ二十二時を回る時間帯とはいえ、銀座を歩く人は多い。店もまだ営業しているところがある。

　だから、黄色のテープで囲われた現場の周りには、たくさんの野次馬がいた。

　すでに救急車も到着しているようだ。今にして思うと、怜と日比谷側を警戒していたときに聞こえたサイレンは、ここへ向かうパトカーのものだったのだろう。

　現場は狭い駐車場で、しかし車は一台も停まっていない。ここに停めていた車の所有者が襲われたというわけではないらしい。

　とすると、駐車場を挟むように二本の通りが延びているので、一方の通りからもう一方の通りへ渡ろうとしたときにでも襲われたのだろうと推測できる。

　テープの内側には、制服警官と私服警官に交じって、ネイビーのカジュアルスーツを着た女性もいた。少しだけつり上がった目が印象的なきつめの顔をしている。

（あの人が今回の被害者？）

　疑問に思ったのは、失礼な話ではあるけれど、彼女の容貌がこれまでの被害者の共通点を外してきたからだ。しかもその女性は顔に怪我を負っていない。

口裂け女は今も勾留中である。

つまりこれは、どういうことだろう。

現着している私服警官は、絢斗も知っている二係の捜査員だった。機動捜査隊の姿が見えないのは、さっそく周辺の聞込みを始めているからだろうか。

「瀬ヶ崎くん、霊力の残滓は視える？　僕の目には視えないんだけど」

今回は事件発生からそれほど間を置くことなく現着できた。もし犯人が幽霊の場合、その残滓が現場に残っている確率は高いと思ったのだが。

怜から返事がないことを訝しんで隣に視線を向けようとした絢斗だが、その前にテープの内側に会いたくない顔見知りを見つけてしまう。

「うわ、篠塚警部だ。顔を合わせたら面倒だから、いったん待機しようか」

そう言って横を向くと、隣にいたはずの怜の姿がなくなっていた。

さっと顔から血の気が引いていく。まさかと思って視線を前方に戻すと、案の定黄色いテープを潜り抜けて、被害者と思しき女性に話しかけようとしているところが目に映った。

「瀬ヶ崎くんストップ！」

絢斗も慌てて内側に入ると、怜にガン飛ばしている二係の係員たちの前に立ち、仲裁するようにへらりと笑う。

その間にも、怜は女性にいくつか質問していた。

「お姉さん、名前は？　この辺で仕事してる人？」

「え、はい。福溝雪乃です」

「今は仕事帰りだった？　あ、どこに勤めてんの？」

「あの、それならさっき、別の刑事さんにお伝えしましたが……」

「じゃあさ、犯人に何か訊かれなかった？」

「……『ワタシ、キレイ？』って」

「それでお姉さん、なんて答えたの？」

「いきなりのことでびっくりしたので、特には。すぐに通行人の方が助けてくれましたし……。あの、あなたも警察の方、なんですよね？」

「俺？　俺はちょっと違うなぁ。俺はね、口裂け女を利用して、わる～いことしてるクズを懲らしめるために来たんだ。だからお姉さん、怪我がなくてよかったね。その犯人さ、顔のいい奴ばっか狙ってるから。きっと自分はドブスで僻んでるんだよ。ね、お姉さんもそう思うでしょ？」

　怜がにっこりと笑う。これに衝撃を受けたのは絢斗である。

「瀬ヶ崎くん、誰彼構わず絡んじゃだめでしょ！　ほら怖がってるじゃない。謝って！」

　怜の頭を無理やり下げさせて、絢斗も一緒に謝った。女性はふるふると唇を震えさせて、明らかに顔色を悪くさせている。もう二度と怜から目を離さないと内心で固く誓った絢斗は、そこでふと気づいた。

（あれ、この感じ……この女性もしかして）

　そのときだ。

「おい！　なんでここにおまえらがいる⁉　誰だこいつらを内側に入れたのは！」

　野太い怒声に鼓膜を貫かれて、絢斗は泣きたい気分になった。怜の次は篠塚警部かと、次々と現れる厄介な人物にこの場から逃げ出したくなる。

　篠塚警部は二係の係長だ。ここにいること自体はおかしなことではない。

　縦よりも横に大きく、いつも煙草の匂いを纏わせている男で、特案を毛嫌いしている人間の一人である。

　というより、篠塚は伊達が嫌いなのだろうと思う。伊達の飄々とした態度は気の短い篠塚とは相性が最悪なのだ。

「ええっと、お疲れ様です、篠塚警部」

「てめぇ桜庭、俺の前に二度とそのツラ見せるなって言ったよな？　おん？　言ったよな？」

「はは、そうでしたかね……」

　正しくは、特案の連中は二度と顔を見せるな、と言われた覚えがある。そんなことを言われても同じ警察官、同じ捜査一課所属なので、いつかは事件現場で鉢合わせることもあるだろう。まさに今日のように。

「んでそっちの小僧！　てめぇは二度と現場に来るなって言ったよな？　ああん⁉」

　まさかの怜まで目を付けられていたようで、絢斗は思わず夜空を仰いだ。一面に広がる雲が羨ましい。自分もあんなふうにのんびり自由に生きていたい。

「お～、久しぶりじゃん警部。相変わらず鼻が曲がるほど臭い身体してんね。スメハラって知ってる？　スメルハラスメント。匂いって結構影響力あるからさぁ、モテたいんだったら気をつけないと」

「なんだと!?　別にモテたいなんて――」

「でも警部さぁ、婚活行ってるよね？　確か十戦中十連敗だっけ？　やっぱ」

「なんっ……は!?」

「なんで知ってるかって？　俺が喧嘩売られて買わないとでも思ってんの？」

怜が挑発的な笑みを浮かべた。完全に篠塚を見下した態度だ。非常にまずい。

どうせその情報は形代にでも集めさせたのだろうと絢斗には推察できるけれど、幽霊を信じていない篠塚にわかるはずもなく。

とにかくこれ以上怜の口を開けっぱなしにすると、篠塚のとんでもない情報を吐いてしまいそうだ。それはさすがにかわいそうである。

「先週なんて二十代の子にちょっかいかけてんじゃん。あゆみちゃんっていうんでしょ？　警部にはかわいそうだけどさ～、あゆみちゃん、警部のこと『あんな煙草臭いおっさん無理』って陰で悪口言ってたらしいよ。はは、ドンマイ」

ドンマイじゃない。篠塚が反論もできずに顔を紅潮させているのが不憫でならない。おかげで絢斗の顔色は真っ青だ。ついでに篠塚の部下の顔色は真っ白だ。

普段は啀み合う仲というか、互いの上司が不仲のために談笑なんてしない間柄だが、このときばかりはアイコンタクトを送った。送られた。

両者が同時に動く。

「まあまあ警部。落ち着きましょう。所詮相手は子どもです。図体がでかいだけのガキですよ。相手にするだけ無駄ですって」

「そうですよ、警部。あゆみちゃんには大人の魅力ってものが理解できなかったんですね、かわいそうに」

こめかみに青筋を立てて今にも怒鳴りちらしそうな篠塚を、彼の部下たちが必死に宥める。

一方、絢斗も。

「いい？　瀬ヶ崎くん。世の中にはね、言っていいことと悪いことがあるんだよ。それがどんなに正論でも、事実でも、言っちゃいけないことくらい自分で判断できるようになろうね」

「いや、おまえも言ってるからな？　事実って言ってんじゃん。それでフォローしてるつもりなの？　マジで？　ウケんね絢斗」

「だからそういうとこ！」

だめだ。怜に反省の色はない。このままここにいればいるほど彼が篠塚に喧嘩を売るのは目に見えている。

仕方ないと諦めた絢斗は、怜の腕を掴んで一目散に逃げる選択肢をとった。

しかし絢斗に引っ張られながらも、怜は。

「そうだ警部〜。俺、別件で日比谷公園の方にいるから、早く犯人捕まえてね〜。ほら俺、警部と違ってイケメンじゃん？　顔に傷なんてつくりたくないからさ」

よろしく〜、と絢斗に掴まれていないほうの手を篠塚に向けて振った。間違いなく相手の神経を逆撫でするための言動だ。

さらにトドメとばかりに、

「そういうわけだから、俺のために頑張ってね。無能な二係の皆さーん」

と、その場にいた他の捜査員にも喧嘩を売った。信じられない。

「もうお願いだから瀬ヶ崎くんは黙ってて！」

「誰がてめぇのために頑張るか！　今度会ったら覚えとけよクソガキィ!!」

絶対に会わせないようにしようと心に誓った絢斗である。


駐車場の関係で現場から少し離れた場所に停めてあった車のところまで戻ると、絢斗は掴んでいた怜の腕を放した。

今日はもう遅いのと、あの様子なので六番目の被害女性に聴取もできないだろうと判断して、怜に車に乗るよう促す。このまま彼を自宅まで送り届けようと思ったからだ。

けれど大変珍しいことに、怜は電車で帰ると言う。

「本当にいいの？　送らなくて」

「いい。駅も目の前だし歩いてく。おまえも今日はもう家に帰れよ。疲れてんだろ」

予想外に労りの言葉をもらって呆然としているうちに、怜の姿は人影の中に消えていった。

絢斗は車に乗り込むと、エンジンをかける。そのままアクセルを踏み込み、桜田門方面へと発進させた。

——その車を陰から見つめる琥珀の瞳には、全く気づくこともなく。

＊

覆面パトカーが去っていったのを確認し、怜は駅を通り過ぎて日比谷方面へと進んでいく。その顔に浮かぶのは、騙された絢斗を馬鹿にする笑みでも、呆れ顔でもない。

己の地雷を踏み抜いた相手をどう追い詰めてやろうかという、その感情以外の一切を削ぎ落とした昏い表情(かお)だ。

（……俺の挑発に乗るか乗らないか。乗らなくても、身元は割れてる）

だからもし今夜が空振りでも、そのときは自分が相手の許へ乗り込めばいい。

そうは思っているが、できれば今日中に終わらせたい思いもある。

桜庭絢斗という男は、馬鹿でのろまでお人好しだが、ここぞというときの行動が読めないのだ。縊鬼の事件のとき、絢斗が縊鬼を怜にけしかけたのは怜も予想外のことだった。

単なる馬鹿じゃない、面白い馬鹿だとそのときは思った。利用できるものは利用する、そんなただの優等生でないところに「意外とやるな」と感心もした。

ただ口裂け女のときは、怜にとって好ましくない方向で想定外の行動をとられた。自分が襲われたときは敵わないと諦めるや否や逃げ出した絢斗が、怜が一緒にいたときは逃げずに守ろうとしたのだ。

——まるで、兄のように。

それが嫌だった。胸くそ悪かった。二度と誰かに守られるものかと怒りが蘇った。

だから、絢斗がいない今夜のうちにクズとの決着をつけておきたい。

日比谷公園にやってきた怜は、無人の交番を横目に園内に入っていく。入ってすぐの右手に園内マップがあったので、怜は現在地と照らし合わせてここから一番近く、かつ広い第一花壇を目指すことにした。

日中の雨と明日の予報がまた雨であるからだろう、湿気による草木の濃い香りが鼻をつく。左手に見えてきた第一花壇は、大部分が芝生に覆われていた。あれなら見晴らしもよく、クズを迎え撃つにはちょうどいいと思ったとき——後方で、じゃり、という音がした。瞬時に背後の霊力を感じとった怜は、うまく挑発に乗ってくれた相手を嘲笑しながら振り返る。

「あんたがどクズで嬉しいよ、福溝雪乃！」

顔に向けて突き出された彼女の腕をすれすれで躱す。その手にはナイフが握られていた。マスクと赤いコートのフードで自分の顔を隠しているようだが、そんなもので騙される怜ではない。

怜には彼女の内にある霊力が視えている。

霊力は指紋のように人それぞれ特徴があるのだ。今自分の目に映るそれは、さっきの現場で雪乃に視たものと同じだった。

正体を当てられた雪乃が、警戒するように距離をとる。

「俺の挑発、だいぶ効いた？『クズ』に反応するって、お姉さん相当プライド高いね。それともあんなことしておいて、自分が聖人君子だとでも思ってんの？　だったら面白くねぇよ、クズ子」

「……んで」

「は？　なに？　聞こえなーい」

「っなんで、私だってわかったの⁉　あの一瞬で！」

はっ、と怜は鼻を鳴らす。そんなの怜にとっては笑ってしまうくらい簡単なことだ。

今夜だけ違う犯行場所。美人とは言えない顔で、かつ怪我をしていないまっさらな肌。

『『すぐに通行人の方が助けてくれましたし』。あんたそう言ったよな。自分の顔を傷つけないためにそういう筋書きにしたんだろ？　でもそのせいで、今まであった規則性と尽く矛盾する事件ができあがった。あんたに不審感を持つには十分だ」

そして決定打は、雪乃の内に視た霊力だ。彼女は見鬼持ちだった。

本物の口裂け女の犯行が途中で挟まれたにもかかわらず、警察がその全てを連続事件として括ったのは、被害者が皆同じ犯人像を語り、同じ手口を語ったからだ。

本物の口裂け女に遭遇した者でない限り、そんな再現などできないだろう。つまり雪乃は、誰も知らない口裂け女の一番目の被害者だったというわけである。

そして一般人が、まさか自分が襲われたあとに妖の手口を利用なんてしない。

「あれは妖の存在に慣れてる奴じゃないと、そもそも思いつきもしねぇんだよ」

そうして必然的に誰が犯人なのか導き出されたというわけだ。

「しかもさ、その社員証。最初の被害者と同じ会社じゃん」

怜が雪乃を指差すと、彼女のスーツのポケットから白い紙の人形――形代が顔を覗かせた。雪乃が驚いてポケットから引っ張り出す。地面に叩きつけるようにして捨てられた形代の腕には、社員証の紐が絡んでいた。

「その会社、水曜日はノー残業デーなんだっけ。一番目の被害者がそんな証言してたよ。だから水曜日に犯行を繰り返してたってわけだ」

ははっ、と口から笑みはこぼれても、はらわたは煮えくり返っている。

「今回被害者を装ったのは、捜査の手が自分に伸びてきて焦ったからか？　まあ、それ以外に装うメリットなんてないだろうしな。……一応、動機を訊いてやるよ」

雪乃の瞳が剣呑に光る。歯ぎしりが聞こえてきそうなほど憎らしげに歪んだ顔は、本物の鬼よりも鬼らしい。

「そんなに顔のいい奴が憎かった？」

怜の顔から表情が消える。

「そんなに人の顔を傷つけるのは、楽しかったか？」

「──ふ、ふふっ。あははっ」

雪乃が腹を押さえて嗤った。

「ええ、楽しかったわよ。とぉ～ってもね」

顔を隠していたフードとマスクを、彼女がおもむろに外す。

「楽しくて快感だった。顔しか自慢できるようなものがないあの女が、その武器（かお）を失ったんだから。事件のあとに会社に来たときはすごかったのよ。男がみんな引いてるの！　あんなにかわいいって言ってたくせに！　みんな表向きは同情しているように見せて、陰ではせせら笑ってるの。かわいそうだなんて誰も本気で思ってなかった。日頃の行いのせいね。あの女は自分が一番だと思ってたみたいだけど、ほら、やっぱり〝顔〟がなきゃ誰も見向きもしない！」

甲高い声が響く。彼女の表情は声と同じく笑っているようで、でもどこか泣いているようにも見えた。

「それが動機？　ってことはなに？　目的は最初の女だけだったってこと？　他は？」

すると、雪乃の笑い声がぴたりとやむ。

感情のボルテージが逆転するように、だんだんと愉悦よりも憎悪のほうが色濃く浮かび始める。怜はその表情の変化を敏感に読み取り、当てずっぽうで口にした。

「もしかして、八つ当たりか？　その女、事件があっても会社には来たんだろ？　その精神力はすごいよな。あんたはその女のこと顔だけって言うけど、そうでもないんじゃない？　それでなんか、またあんたの怒りにでも触れたか？」

雪乃がものすごい形相で奥歯を食いしばった。手の甲の血管が浮き出るほどナイフを握り締めている。

「……がう。そんなはずない。所詮顔だけの女よ。事件の直後でかわいそうなだけ。きっとそれだけ。すぐにあの人にも捨てられるわ。捨てるのよ、絶対。捨てる。だってあの人は騙されてるだけで――」

俯いた雪乃がぶつぶつと呟いている。聞こえてくる話から、怜にはおおよその状況が見えてきた。

「ようはあんた、振られたんだ？　好きな男に。それも、一番目の被害者である、戸田愛海に奪われて」

「……っ！」

「あー、つまりこういうことか？　その男は顔に傷を負った戸田愛海のことを見捨てなかった。周りの奴は見捨てても、そいつだけは違った。……ああ、そうか。なるほど。よく言うもんな？　――恋は障害が大きいほど、燃えるって」

雪乃が怒りに任せて突っ込んできた。後ろに飛び退いてそれを避ける。

「でも納得のいかないあんたは、戸田愛海じゃなくて、八つ当たりのように他の奴で証明しようとした」

「怒りであの女を殺しちゃったら意味ないでしょ⁉　私は、あの女が、あの人に捨てられるところが見たいのよっ」

　連続で繰り広げられる攻撃を、怜は右に、左に、躱していく。雪乃はいっそ清々しいほど顔ばかりを狙ってきた。身長が一八〇を越える怜の顔には届かないとわかっているだろうに、それでもだ。

「マジでクソだな、あんた。そのためなら他人がどうなろうとどうでもよかったわけ？　まだ中学生のガキでも？」

「顔の良し悪しに年齢なんて関係ない！　今までチヤホヤされてきたぶん、こっちの苦労を思い知ればいいのよ！」

　――カランッ。

　ナイフが地面に落ちる。怜に手刀を入れられた雪乃が痛みに耐えるように右手を押さえた。その様子を怜が冷たく見下ろす。

「じゃ、あんたも思い知ろうか。因果応報って言葉の意味を」

　しかし雪乃は隠し持っていたらしいもう一本のナイフで、至近距離から再び切りかかってきた。意表をつかれてわずかに態勢が崩れるが、どうということはない。すぐに立て直して反撃しようとしたとき。

「――瀬ヶ崎くんっ！」

二人の間に、第三者の声が割り込んだ。

まさかと驚いて視線だけやれば、黒い髪を振り乱して、色を失ったような顔で怜へと手を伸ばす絢斗がいた。

雪乃への追及に気をやってしまったせいで、近づいてくる絢斗の気配に気づけなかった。

まるでスローモーションのように動く世界で、自分の眼前で黒い髪が跳ねる。身体を突き飛ばされて、突き飛ばされたのはわかるのに、動揺して踏ん張れない。

――〝怜っ！〟

頭の中に、兄の声が響いた。心臓がばくばくとうるさい。尻餅をついたせいで尾てい骨が痛い。指先が意思に反して震え出す。

――〝怜、大丈夫。おまえは絶対、俺が守ってやるからな〟

やめろ。守るな。脳裏に蘇る記憶に呼吸が乱れる。嫌だ。守らなくていい。思い出したくもない鉄の匂いまでフラッシュバックする。あんたに守ってもらうほど、こっちは弱くなんてないんだ。だから放せ。抱きしめるな。それであんたが死んだら、俺は――。

「ぁ、ああっ」

雪乃の悲鳴で現実に引き戻される。彼女の手にはそれまで握られていたナイフがない。

絢斗が腹をくの字に曲げている。

怜は慌てて立ち上がった。

「絢斗！」

絢斗の肩を掴んで振り向かせる。

「馬鹿かおまえっ。なんで俺を庇った！　俺が弱くないって知ってんだろ⁉　何度もそう言っただろ⁉　あんなの簡単に躱せたのに、なのに何やってんだ……！」

「瀬ヶ崎、くん」

「待ってろ。今救急車呼ぶから。ナイフは抜くなよ。失血死する」

「瀬ヶ崎くん」

「うるせぇ！　喋る暇あったら横に寝とけ！」

「いや、あの、僕なら大丈夫だよ？」

あっけらかんと言い放つ絢斗に、この場の時が止まった。

「ほら、見て。血なんて出てないでしょ？　それに……」

絢斗は腹に刺さっていたナイフを抜き、その刃先に人差し指の腹を当てて、ぐっと押し込んだ。

「これ、おもちゃの剣だから。大丈夫、死なないよ」

は、と短い息がこぼれる。目の前の紛れもない現実に、少しだけ脳の処理が追いついていない。

絢斗が耳打ちするようにこっそりと囁いた。

「ほら、君も僕の力のこと、知ってるでしょ？　あれでナイフをおもちゃの剣に変えたんだ。間一髪だったけどね。まあ、間に合わなくても、刺されたくらいで僕は死なないよ」

ぺらぺらと話す絢斗の言葉が、理解できるようで理解できない。

「だって僕、半妖だしね――って痛ぁ!?」

気づいたときには手が出ていた。何が半妖だ。何が死なないだ。今ほど目の前の男を馬鹿だと思ったことはない。

なんで殴ったの!?　と喚く絢斗に、怜はもう一発おみまいした。

＊

「――で？　なんでおまえがここにいるんだよ。今日は帰れって言ったよな？」

なぜか不機嫌な怜に、絢斗は構うことなく「それだよ！」と返した。

「君が珍しく優しいこと言うから、なんか引っかかって。胸騒ぎっていうのかな。それで思い出したんだ。君が警部に言ったこと。日比谷公園にいるって。あのときは特に深く考えなかったけど、もしかして本当に公園に行ってるんじゃないかと思って」

続けて考えたのは、ではなぜ怜は日比谷公園に行く必要があるのか、だ。

これまで彼と一緒に仕事をしてきて、彼が無駄を嫌うタイプなのはわかっていた。もし前の事件の現場を見ておきたいというのなら、怜は問答無用で絢斗も引き連れていっただろう。なにせ伊達から『一人で捜査禁止令』を出されているのだから。

となると、捜査ではない。

「そこまで考えたら、居てもたってもいられなくなったんだ。だって……」

瞼を伏せる。走馬灯のようにこれまでの怜が脳裏に浮かぶ。

「だって、君から目を離してよかったことなんて、一度もなかったから……！」

べしんっ、とトリィの尻尾に頬を叩かれた。

「俺は五歳児か」

「五歳児のほうがまだマシだよっ。自覚した上でやってる君のほうがタチ悪いからね⁉」

まあでも、と絢斗はしゃがみ込む雪乃を振り返って。

「戻ってきて正解だったよ。状況的に彼女が真犯人なんでしょ？　よくわかったね」

絢斗が近寄ると、涙目の雪乃が小さく謝ってくる。それには少しだけ目を瞠った。あんな猟奇的な事件を犯してきた彼女だが、さすがに殺人犯になるのは恐れたのだろうか。それとも、彼女の恨みの対象に当てはまらない者を傷つけることには、さすがに良心の呵責を感じたのか。

どのみち人を傷つけていることに変わりはないのに、その善悪の線引きが理解できなくて絢斗は頬を掻いた。

力なく項垂れている彼女の両手に、手錠をかける。

「とりあえず、銃刀法違反の容疑で現行犯逮捕しますね。通り魔事件のほうはあとでさっきの警部にこってり取調べを受けてください」

彼女を立たせて、絢斗は公用のスマホで伊達に電話をかける。これから通り魔事件の被疑者を連れて行くので篠塚警部に話を通しておいてください、と。

どうせ近くにいるのだから直接ここに呼んでもいいのだが、怜と篠塚を再び会わせて痛い目を見るのは、自分と篠塚の部下たちだ。できれば避けたいところである。

「ほら、行くよ。瀬ヶ崎くん」

電話を終えると、怜に声をかけた。彼はムスッとした顔で絢斗を睨んでいる。

「なに？　まだ文句あるの？」

「……おまえ、覚えてろよ」

「えっ。なんで？　何に対して？」

怜が舌打ちする。

それでも、雪乃を連行する絢斗の後ろを彼はちゃんとついてくる。

「何度も俺に構うなっつったのに、庇ったこと、覚えてろよ。今度やったら俺がおまえを殺すからな」

空気を絞り出したような細い声に驚いて、絢斗は視線だけで振り返る。気づかない怜は、顔を苦痛に歪めていた。

（なんで、そんな顔を……？）

彼のそんな姿は初めて見る。何が彼をそんなふうにさせるのだろうと、内心で不思議に思う。

その一方で、わかったこともある。

（やっぱりあれは、そういうことだったんだ）

怜はこれまで散々「弱い奴は嫌い」と宣言していた。仇のように憎んでいる節さえあった。

しかしそれは、単純に弱者を嫌っての言葉ではなかったのだ。

絢斗が怜を庇って刺されたとき、彼は「なんで俺を庇った！」と激怒した。庇うなと怒った。その声が絢斗には、『俺なんか守るな』と悲痛なものに聞こえて仕方なかった。

彼はきっと、守られることに恐怖を感じるのだろう。だから必要以上に悪態をついて、嫌われて、そんな未来にあるかないかの可能性さえ徹底的に潰している。

誰かが自分を守って、自分のために誰かが傷つくことのないように。

（そっか……そうだったんだ）

はは、と小さく笑みを漏らす。

横から雪乃の怪訝そうな視線を感じたが、絢斗は気にならなかった。

そして。

「いいよ」

気づけば、そう口にしていた。

今度はしっかり、顔ごと怜を振り返る。

「いいよ。殺せるものなら殺してみなよ。僕、君が思うほど身体は脆くないんだ」

半妖の絢斗は、一般人よりも、怜のような能力者よりも、ずっとずっと頑丈だ。怪我だってすぐに治ってしまう。絢斗がバケモノであることを知らしめるように、バケモノであることを忘れさせないように、絢斗の中の妖の血がどんな傷をも回復させる。

「だから――」

だから、代わりに。

「そのときは、ちゃんと殺してね。僕が反撃しないうちに」

(――そう、そうだよ)

怜に答えながら、絢斗はここで閃いてしまった。彼なら自分を殺せるという事実に。

自分のせいで誰かが傷つくのを彼が恐れるように、絢斗も自分のせいで誰かが傷つくのを恐れている。

でもそれは、彼とは少しだけ状況が異なる。

絢斗が恐れているのは、自分の中の妖の力が暴走し、そのせいで誰かが傷つくことだ。

昔、一度だけ力が暴走したことがある。

まだ八歳の頃。父親がおらず風変わりな母を持つ絢斗は、いじめのかっこうの的だった。己の行動の残虐性を理解できない子どもは、束になって平気で罵り殴ってくる。

ある日、そんないじめに耐えかねた絢斗が、つい妖の力を解放してしまった。もう痛いのは嫌だったのだ。けれど幼い半妖の身で抑えられる力ではなかったのか、絢斗は力を暴走させた。自分の意思では止められなくて、気づけば周りは悲惨なありさまになっていた。

以来、絢斗は自分の中に眠る妖の力を恐れている。

当時はまさかあんなことになるとは思わなかった。まさかあれほど人間が弱いものだとは思わなかった。だってどんなに殴られても、絢斗の傷はすぐに治ったから。

なのに、絢斗の力で怪我をしたいじめっ子たちは、ひと月経っても回復しなかった。

それが純粋に怖かった。人間の脆さに恐怖した。それなら、治りの早い自分が傷つくほうが何倍もマシだと思ったのだ。

それからの絢斗は、変化のように人を攻撃しない力しか使わない。攻撃力のある力は、いつまた暴走するかわからないから。

だから、なんとはなしに閃いたそれが、とても妙案のように思えて嬉しくなってしまう。

（なんで今まで思いつかなかったんだろう。瀬ヶ崎くんなら、僕が暴走しても止めてくれる。止められる）

だって、彼は強いから。これまで出会った能力者の、誰よりも。

それはきっと、暴走した絢斗（じぶん）よりも。

（――ああ、僕も、見つけた）

自分を殺せる人間がいるというのは、なんて素晴らしいことなのだろう。本当はずっとそんな誰かを探していた。ずっと自分を信じられなかったから、万が一暴走したときに止められる誰かが欲しかった。

それが、やっと。

「ねえ、瀬ヶ崎くん。僕と約束してよ。これからはさ……」

しかしそのとき、後ろから容赦のない跳び蹴りを食らう。踏ん張ることもできずにそのまま地面にダイブした。

「ちょっ、今度はなに⁉」

「なにじゃねぇんだよ、死にてぇなら勝手に死んでろこのメンヘラが！」

「君が殺すって言ったのに⁉」

二人の騒ぐ声が、日比谷の町に響き渡る。

煌びやかな都会の夜は、まだまだ眠らない。

第三章　ぬいぐるみの復讐

その日は友人の誕生日だった。

大学の長い夏休みも、もう終わりを迎えるという時期。

記念すべき二十歳(はたち)を数える年なので、せっかくならお酒デビューをしようという話になり、一足先に二十歳になっていた卯花葵(うのはなあおい)も一緒になってお酒を楽しんだ。まだ年齢的に呑めない友人はいたが、彼女は場の空気に酔っていたので問題はないだろう。

メンバーは全員同じ大学の、同じ学部の仲間である。そのため必然的に話題は大学のことで持ちきりになった。どの教授の講義はつまらないだとか、逆にあの教授の講義は面白いだとか。サークルの夏合宿が楽しかった。課題が多すぎる。来年はどのゼミに入るだったり、それより休みが終わるのが信じられないだったり。

けれど、だんだんその話題も尽きてきて、代わりに恋の話に花を咲かせるようになる。

やはり年頃の女子が集まれば、お約束のごとく恋バナが始まるものらしい。友人の一人は気になる人ができたと嬉しそうに語り、別の友人は直近で行った彼氏とのデートを惚気る。めでたく誕生日を迎えた友人は、実はこの休み中に距離を縮めている人がいるのだと、照れくさそうにはにかんだ。

葵はそれを、微笑ましく眺める。

葵には好きな人も、気になる人もいない。恋愛を羨む気持ちはあるけれど、まだ遠い世界のことのように思えてならなかった。なにせ、初恋もまだなのだから。

「でも、告白されてなかった？」

一人の友人が悪意なく明かしてしまった秘密に、他の友人たちが食いつく。

「え、そうなの？」

「なんで教えてくれなかったの。それで？　ＯＫした？」

期待に目を輝かせる彼女たちには申し訳ないけれど、葵は首を横に振った。

相手は学年は違うものの、同じ学部の男子で、たまに講義が重なったときに姿を見る人だった。全く知らない人ではない。でも、よく知る人でもない。

人見知りの気がある葵にとって、よく知らない人と付き合うのは抵抗がある。

しかも、相手は髪色を明るく染めており、ピアスもつけていて、一見して『チャラそう』なのである。大人しい性格の葵にとって、正直怖い部類に入るタイプだ。

さすがに相手に悪いので名前こそ明かさなかったが、そういう理由で断った旨を明かした。

葵の性格を知る友人たちは、みんな納得したように頷いている。

そうして話題はまた別の恋バナに移り、楽しそうにみんなが笑う。

だから、葵は相談できなかった。

そもそも今日は、友人のめでたい誕生日だ。辛気くさい話で場を盛り下げることはしたくない。たまたま自分の話になったから、その流れでつい口を滑らせてしまいそうになったけれど、彼女たちに迷惑をかけたいわけではない。

やがて夜の十時を回ると、そろそろお開きにしようと言って片付けを始める。

友人宅を出る頃には、西の空に夏の大三角形が輝いていた。まだ夏の暑さを残す気温のように、夏の星もまだ自分の出番は終わっていないとしがみついている。

みんなで最寄り駅まで歩くと、そこから各々ホームへと向かう。

自分の家に帰るのがこれほど憂鬱になるときが来るなんて思いもしなかった。

葵も一人暮らしをしているが、借りているアパートそのものに文句があるわけではない。葵が帰りたくない理由は、単に一人になるのが怖いからだ。

ストーカーされていると気づいたのは、夏休みに入ってすぐの頃。

最初はなんとなく、人の気配がすると思った。大学の帰り道。バイトの帰り道。自宅へ帰るときに限って、誰かに尾行されているような気がした。

勘違いで済めばよかったのに、そのうち家のポストに葵を隠し撮りした写真が入れられるようになっていた。

その写真には真っ赤な文字で『裏切り者』『呪ってやる』といった文字が書かれていることが多く、ストーカーはストーカーでも、怨念のほうが強いと感じて余計に怖くなった。

ただ、そこまで恨まれるような覚えが、葵にはない。

唯一可能性があるとすれば、夏休みに入る前に告白してきた男子だが、彼は葵に固執するほど恋人作りに困るようなタイプではなさそうだった。

たまに講義で見かける彼は、男女問わず、いつも誰かと談笑している。

そもそも自分が誰かに固執されるほど魅力的な人間だとも思っていない。

ついに電車は自宅の最寄り駅に到着し、閑散とした改札を抜けていく。ここから歩きで約二十分。家賃の安さを優先して選んだアパートまで、一人で帰らなければならない。

深呼吸した葵は、勇気を振り絞って夜道へ踏み出した。常に背後を気にかけ、少しでも物音がすると身体をびくつかせる。

アパートまでの道のりは、住宅街のせいで人通りが少ない。点々と続く街灯だけが頼りだが、それよりはるかに夜闇のほうが濃いので、なんの安心材料にもならない。

念のためポケットには防犯ブザーを忍ばせているため、もし襲われそうになったら直ちに紐を引っ張ろうと心に決める。

指先でその紐の位置を確認していたとき、前方の曲がり角から人が現れた。びっくりして避けようとする前に。

「――だめじゃん。後ろばっかりじゃなくて、前も見ないと」

マスクの下で、男がにたりと嗤った気がした。パーカーのフードで顔も見えない。

すぐさま防犯ブザーを取り出そうとしたが、それより早く口を塞がれ、腰にビリッと電流が流れる。連続して襲いくる電気ショックに、葵はついに意識を手放した。

それから目を覚ましたあとのことは、思い出すだけで死にたくなるようなことばかりだった。相手が誰かはわからないけれど、おそらくストーカーだろう。

夏休みは明け、大学の講義はすでに始まっている。それでもあの日以来、葵が外に出ることはなくなった。友人が心配してお見舞いに来てくれたけれど、とても会える心境ではなかった。

いいや、会える状況でもなかった。なぜならあの日からほぼ毎日、ストーカーが葵の家にやってきては蹂躙していくからだ。

涙はとうの昔に枯れ、逃げる気力さえ失っている。息をすることも面倒になってきて、このまま終わらせるほうが楽なのではという思考に堕ちていく。

そうすれば、空腹に苦しむこともないだろう。

ストーカーが帰って睡魔に襲われた葵は、次に目が覚めたとき、やろうと決めた。

やがて沈んでいた意識が緩く浮上すると、なぜか浴室にいた。ちゃぷ、ちゃぷ。お湯の揺れる音が聞こえる。ぼーっとする意識では、これが夢か現実かの判断も満足にできない。

ちゃぷ。ちゃぷ。でももう、夢でも現実でも、どちらでもよかった。

このまま眠ってしまえば、二度と自分が目覚めることはないと本能が察している。

（でも、最後にあの子に……あの子にだけは……そうだ、あの子には、会わなきゃ）

目の前に幻が浮かぶ。「葵姉」と自分を慕ってくれるあの子が、視線の先で微笑んでいる。

無意識に手を伸ばすと、その幻を掴めた気がして、安堵した途端視界は暗転した――。

＊

大学というのは、高卒の卒業資格しか持っていない絢斗にとって未知の世界だった。イメージとしてあるのは、卒論が大変そう、人生の夏休み、好きなことを学べる。この三つである。どれも大学を卒業した先輩刑事からの体験談がもとになっている。まあ、その先輩たちも、人生の夏休みだと思ったのは就職してからだと言うけれど。

絢斗は高校を卒業すると同時に家を出ると決めていたので、大学なんて人生の選択肢にも入れていなかった。でも楽しそうな思い出話を聞くたびに、ちょっとだけ羨む気持ちがあったのは間違いない。

よって、人生で初めて大学という敷地に足を踏み入れた絢斗は、まずその広大さに感嘆の声を漏らした。まるで上京したての地方民のように周囲を見回す。

平日ということもあって、多くの学生たちが構内を闊歩していた。さすが都会の有名大学。オシャレな学生ばかりだ。

絢斗はいつものスーツ姿だが、意外にも浮いていないのを確かめてほっとする。

（変に私服とか着て来なくてよかった）

絢斗がなぜここ――明誠大学を訪れたかというと、例に漏れず、捜査のためだ。

ここ最近、明誠大学の学生が次々と狙われる事件が起きている。

それだけなら所轄の捜査一課が担当するのだが、本件は早々に特案へと回ってきた。というのも、学生たちを襲ったのが人間ではなく、明らかにぬいぐるみらしいからだ。

しかも怪我人はゼロ。襲われたというより驚かされたというほうが近い被害である。よって「こんな奇妙な事件はたくあん行きだ」という所轄の所長判断で、初動捜査のみを終えた本件が移管されてきたわけだ。

移管されれば、特案は捜査をしないわけにはいかない。

そもそもぬいぐるみが襲ってくるなんて怪奇的な事件は、特案の得意分野とするところである。

そうしてさっそく基礎調査に乗り出したのだが、実は一つだけ、今回の基礎調査にあたっては懸念事項がある。

通常、特案の基礎調査には、協力者を伴うことはない。だから絢斗もある意味で気楽に捜査ができると思っていたのだが、実はここ、怜の通っている大学なのだ。

面倒だからできれば会いたくないなぁと、こそこそと構内を歩いていると。

「あ、や、と、くーん。こんなとこで何してんの」

会いたくないと思った矢先に遭遇するのは、もはや式妖契約のせいで思考まで読まれているからではないかと疑ってしまった絢斗である。

恐る恐る視線を移せば、そこには想像どおりの人物が不敵な笑みとともに立っていた。

昼夜関係なくかけている丸いカラーサングラスは、もう絢斗の中で怜のアイデンティティになっている。珍しく無地のシャツにブラックスキニーを合わせたコーデは、シンプルだからこそ彼によく似合っている。

いつも捜査で会うときと違って、彼は左肩にリュックを背負っていた。学校ではちゃんとしているんだなと、変な感想を抱きながら口を開く。

「あー、えっと、何してると思う？」

「は？　なにその合コン来た女みたいな返し。うざい」

「じゃあ放っておいてよ！」

しかし怜はニヤついた笑みを浮かべて、絢斗の肩に腕を回してきた。

「誰が放っておくかよ。事件だろ？」

「そうだけどまだ基礎調査の段階だから」

「どうせうちの学生が襲われてるやつだろ？」

「そうだけどまだ基礎調査の段階だから！」

この大学に通っているなら、そりゃあ彼が事件について知らないはずはないだろう。だからといって仲良く捜査しましょうとはならないのである。

『特異事案』と認定した捜査だけでも彼に振り回されてばかりなのに、これが認定前の基礎調査まで一緒に行うとなったら、絢斗の胃には確実に穴が開く。

「というか、なんで僕がここにいるってわかったの？　こんなに広いのに」

そばを通りかかる学生たちが、学生とスーツという組み合わせを不思議に思うのか、ちらちらと視線を寄越してくる。

「おまえが大学に来るのはスパイ情報。大学に来たおまえを見つけたのは契約のおかげ」

「待って。スパイ？　君の前の担当者、今日は休みのはずなんだけど。そして肩に体重を乗せないで。重い」

「馬鹿だな。前に言ったろ？　スパイはあの脳筋馬鹿だけじゃないって」

怜がさらに体重をかけてくる。いじめか。

「もうやだ。今度全員吐かせよ……」

「ははっ、ガンバ」

そのとき、周囲を歩いていた学生たちが突然ぴたりと立ち止まった。そのままなぜか絢斗たちを食い入るように凝視してくるので、絢斗は小首を傾げた。

「ねえ、瀬ヶ崎くん。なんか僕たち注目されてない？　さっきから見られてるなとは思ってたけど、立ち止まるほど？　もしかして僕、浮いてる？」

怜が小さく吹き出す。学生たちがどよめいた。

「なになに、怖いんだけど。大学ってまさか一見さんお断り？　実は余所者を排斥する風習とかある？」

困惑する絢斗の腕を強引に引っ張って、怜が構内を進んでいく。

すれ違った学生たちからは、ひそひそと聞こえる声があった。「あの瀬ヶ崎くんが笑った」「氷の帝王が？」「いつも澄ました顔なのに」「あのスーツだれ？」

　さすがの絢斗も、なるほど、と合点がいく。

（そういえば瀬ヶ崎くんって、きれいな顔してるもんな。結構有名なんだ？）

　でも正直、絢斗自身はそんなことを忘れるくらい振り回されているので、あまりそう思ったことはないけれど。誰だって洗濯機の中に入れられたら、人の美醜なんて気にする余裕もなくなるはずだ。

　それに絢斗にとっては、顔がきれいな人ほど苦手意識が強くなる。理由は自分の母親だが、母も人離れした美しい容姿を持っている。そんな母を思い出すきっかけになり得る人には、あまり近づきたくないというのが本音だ。

　やがて怜が足を止めたのは、軽食を提供するカフェテラスだった。お昼時を過ぎているので人はまばらにしかいない。

　怜は絢斗をテラス席に座らせると、自分はカフェカウンターへと消えていく。十月にもなると、テラス席でも問題ないくらいに涼しい。

　戻ってきた怜の手にはアイスカフェオレが二つ握られていた。それだけでも驚いたのに、彼はさらにそのうちの一つを絢斗の前に置くではないか。

「え、うそ。瀬ヶ崎くんが僕のために？　買ってくれたの？」

　感動して目頭を押さえた。が。

「甘いな絢斗。俺がタダで買ってくると思うか？」

即行で否定されて絢斗の涙はすぐに引っ込む。だよね、と真顔になった。

「これ口止め料な。ここに来るまでに聞いたこと、今すぐ全部忘れろよ」

「え？　ここに来るまでに？　──あ、氷の帝王とか？」

そう答えた瞬間、怜の手が勢いよく絢斗の口を塞ぐ。平手打ちに匹敵する勢いだった。

「忘れろって言ったよな？　なんでよりによってそれを口にした？」

ごめんなさいと謝りたいのだが、いかんせん、口は塞がれている。

「おまえは忘れた。何も聞いてない。そうだな？」

保身のため、絢斗は高速で首を縦に振る。よほどその呼ばれ方が嫌いらしい。気持ちはとてもよくわかる。もし自分だったら絶対に嫌だ。そんなことで人をからかう趣味もない
絢斗は、ありがたく頂戴したカフェオレに口をつけた。

「なんか、久々にまともなカフェオレを飲んだ気がする……」

思わずそうこぼしてしまったのは、伊達の特製コーヒー牛乳のせいだ。

「ああ、千秋のあれ、おまえも飲んでんの？」

「飲んでるっていうか、押しが強いっていうか」

つい苦笑してしまう。嫌いではないけれど、とにかく二本のストローを使うのは飲みにくいのひと言に尽きる。残念ながら絢斗にはあの飲み方の良さがわからない。

「あれさ、俺にも布教しようとしてきたから、腹いせに牛乳パックの中身を飲むヨーグルトに変えてやったんだよな。千秋のやつ、それ以来俺には何も言わなくなってんの。ウケ

るだろ？」

うわあ、と伊達に同情しつつ、絢斗はふと気がついた。こんなに穏やかに怜と雑談するのは初めてのことではないだろうか、と。

思い出し笑いをしている彼を盗み見る。最初に会ったときよりだいぶ表情が柔らかい。

これは絢斗との仲が良くなったとか、そういうわけではなく。

単純に怜の不調が治ったからだろう。おかげで彼が無駄にイライラすることもなくなり、まともな会話が成立することが増えた。それどころか、棘をなくした彼は、知れば知るほど優しい一面を持っていることに気づかされる。

そういえば、と絢斗は思い出したように話題を振った。

「瀬ヶ崎くんにあげた一万円。あれ、何に使ったの？」

「は？」

「前にあげたでしょ。縊鬼の事件のご褒美に。子どもたちに何か買ってあげた？」

怜が目を丸くする。カフェオレを飲もうとして口にくわえたストローが、彼の口からぽろりとこぼれ落ちた。こんなに動揺する彼はめったに見られないなと観察していたら、その目がだんだんと険しくなっていく。

「……千秋か」

ドスの効いた声が怖い。絢斗は肯定すべきかどうか悩んだものの、隠したところでバレるだろうと観念した。

くてね？」

「まあ、うん。でも違うんだよ。僕が教えてほしいって言ったからで、係長は何も悪くな
「なんでおまえが俺のこと知りたがんの？　俺の弱み握ったところで契約は解除しねぇよ？」

「違うって！　そんなつもりじゃなくて、なんていうか……」

ただ、本当に知りたくなっただけなのだ。傍若無人で身勝手で、独善的な男なのに、意外と真面目で優しい面を持つ。そのちぐはぐなところが気になった。彼はどういう人間なのだろうと興味が湧いた。

「……僕、これまでは自分の正体を暴かれたくなかったから、実はずっと君のことを避けてたんだよね。それこそチームを組む前から。だから噂の君しか知らなくて。でも噂の君と実際の君は、ちょっとだけ違ったから。相棒だし、これを機にちゃんと知っておこうかなって思って」

いずれチームの解消をしたいと、そう願う気持ちは変わらない。

けれど最初の頃と違って、今すぐ解散したいとは思わなくなった。いや、本音を言うと、怜が暴走した絢斗(じぶん)を止められる貴重な存在なのだと意識してからは、近くにいてほしいと思うようになっている。

正体がバレる前は、あんなに彼の強さに怯えていたのに。今ではその強さに安心感を与えてもらっているなんて、おかしな話だ。

怜が無言のまま見つめてくるので、居たたまれなくなった絢斗は先ほどの質問の答えを催促した。

「それで、何を買ってあげたの」

とはいえ、彼が本当に答えてくれるとは思っていない。どうせはぐらかされるだろう。

だから、ストローでカフェオレをかき混ぜながら怜が返してくれた言葉に、今度は絢斗のほうが目を見開いた。

「チビどもにはおもちゃ、小学生の生意気どもには絵本と服。中学生と高校生のマセガキには、化粧道具と参考書」

「えっ……え？」

「なんだよ。おまえが訊いてきたんだろ。変な顔すんな」

「いや、だってまさか、本当に教えてくれるなんて……」

「別に。一応あれ、おまえの金だし。仕方なくな」

そっぽを向く怜に、絢斗はくすりと微笑んだ。どうやら意外と素直な一面もあるらしい。

「瀬ヶ崎くんって、実は身内に甘いよね」

「はあ？　急に的外れなこと言ってんじゃねぇぞ。もういいからさっさと事件の話をしろ」

「あのね、何度も言うけど、事件はまだ基礎調査で――」

「足掻くなって。どうせ『特異事案』なんだよ。襲われた奴を遠目に見たが、気持ち悪い霊力の残滓が憑いてたからな」

「え!?　被害者ともう接触したのっ？」

「むしろなんで俺が接触してねぇと思ったの？」

頬が引きつる。悔しいが本当にそうだ。この傍若無人な男が大人しくしているはずがないのに、自分は何を驚いているのだろう。

癪だが怜の言うように悪足掻きをやめて、絢斗は事件記録の内容を話すことにした。

「君がどこまで把握してるかわからないから、最初から説明するよ。まず今回の事件に怪我人は誰もいない。被害者は全員この大学の学生で、みんな似たような証言をしてる。『空飛ぶぬいぐるみに追いかけられた』ってね。最初の事件は十月十一日に起きてるんだけど、そこからは毎夕被害が報告されてる。今日が四日目。所轄の報告だと、たったの三日で最低でも十件の被害を確認してるみたい。犯行現場はこの大学付近の人気の少ないところ。他の共通点としては、狙われるのが決まって男であること、その子たちの髪色が明るく染まってるってこと。僕の所見では、他に共通点らしきものはなかったかな。で、一番奇妙なのが――」

絢斗自身、これになんの意味があるのだろうと不思議に思いながら口にする。

「空飛ぶぬいぐるみには、名前があるみたいなんだ。瀬ヶ崎くんもつけなかったかな？幼稚園とか保育園でさ、名前の書いたワッペン。それがぬいぐるみの胸元についてるらしくて、襲われた被害者はみんな、その名札を見せられたんだって」

「ワッペン？　あー、そういえば聴取した奴が言ってたな。襲われると思って目ぇ閉じたのに何もされないから、恐る恐る開けたら、なぜかじっと見つめられてたって」

「そう。所轄が聴取した被害者の中にもいたよ、驚いてワッペンどころじゃなかったって子はね」

「実際に名前は書いてあったのか？」

「うん。『卯花』って。この名前に聞き覚えは？」

「ねぇな。悪いが大学の連中に興味ないから、名前覚えてる奴なんてほとんどいねぇよ」

それでいいのか、と思ったけれど言わないでおいた。彼には友だちと呼べる存在はいるのだろうか。ちょっと心配になる。

「まあ、この『卯花』って名前がどう事件に関係してくるかは、まだ見当もついてないけどね」

ずずっと、絢斗はカフェオレを全て飲みきった。

もし今回の事件が特異事案の場合、考えられる犯人像は幽霊の線が濃厚だ。厳密には、なんらかの理由で幽霊がぬいぐるみに憑依しているのではないかと見ている。なにせ、これほど典型的に共通点を並べてくれる事件もあまりないからだ。

だから絢斗は、事件を割り振られてこの大学に聞込みに来るのと併行して、最近亡くなった人物も洗い出している。それも、事件性のある死を。幽霊が犯人の場合はその怨念が動機であることが多いためだ。

まずは都内で絞って探しているものの、今のところ『卯花』という名前は見つけられていない。怜にそれも伝えてから、絢斗は聞込みを開始すべく席を立とうとした。

「待て絢斗。さっきも言ったけど、すでに俺が何人か事情は聞いてる。効率を考えるなら、重複は避けたほうがいいよな？」

怜が確信犯的にニヤリと笑った。ようするに、一緒に聞込みをする気満々というわけだ。

絢斗はため息を吐いて、折りたたんでいたコピー用紙をポケットから取り出すと、怜の前に差し出す。

「じゃあこのリストの中から、聞き終わってる人をチェックしてくれる？」

一緒にボールペンも渡すと、怜が機嫌よさげにレ点を書き込んでいく。大学の連中に興味はないからほとんど覚えていない、と言っていたわりには、話を聞いた被害者の名前は覚えているらしい。

どんな記憶力だと呆れていたら、スマホのバイブ音が近くで鳴った。一瞬自分かと勘違いしたけれど、どうやら怜のスマホが鳴ったようだ。

画面を確認した彼の表情が、ストンと抜け落ちる。突然の変化に戸惑っていると、画面を見たまましばし硬直していた彼がおもむろに腰を上げた。

「絢斗」

「なに？」

「おまえ、今日は車？」

「そうだけど、なんで？」

「行くぞ」

端的にそう言った彼が、絢斗の腕を掴んで強引に立たせる。彼が強引なのは今に始まったことではないけれど、なんだかいつもと様子が違うような気もする。

絢斗はリストを忘れずにポケットにしまうと、怜に引っ張られるまま足を動かした。

「ねえ、せめて説明して。どこに行くの？　聞込みは？」

「それよりこっちのが重大事件だ」

いつもなんだかんだ事件の捜査を優先させる彼だったのに、珍しい。よほど重要な何かがあったのだろうと絢斗も神妙に訊ねる。

「何があったの？」

「場合によっては殺人になる」

「殺人……!?」

それは確かに重大だ。しかも「なる」ということは、これから起こるということ。犯罪を未然に防ぐのも警察官の使命である。

「わかった。今はそっちをなんとかしよう。前も言ったけど、君は場所もわからないのに先を行く癖、直したほうがいいよ。車こっちだから」

今度は逆に絢斗が怜を引っ張って、車を停めている来客用の駐車場へと向かう。

怜の案内で到着したのは、大学から少し離れた町にある白壁の一軒家だった。築十年から二十年くらいだろうか。都心によくある高さを備えた手狭な家とは違い、広い敷地を利用した大きな家である。小石の敷き詰められた駐車場も広く、車が三台は十分に停められそうだ。

軽自動車が一台だけ停まっていたので、絢斗はその隣に駐車させてもらった。

怜を追って玄関に向かうと、玄関前にアサガオのプランターが置かれているのが目に入る。子どものものと思われる字で名前が書いてあり、学校の課題か何かだろうかとなんとはなしに思う。

怜はインターホンを押すことなく、鍵を使って玄関を開けた。まずそれに絢斗はぎょっとする。彼の自宅がここでないことは、何度か彼を自宅に送り届けている絢斗にはわかる。彼が両親とは疎遠であることも知っているため、実家という線も薄い。

（じゃあもしかして、ここが……）

彼の育った、地域小規模児童養護施設というわけだ。

家の中に我が物顔で入っていく怜を、小さな住人が笑顔で迎えた。

「おかえりなさい、怜くん！」

かわいらしい三つ編みの少女が怜の足に抱きついた。少女の後ろからは彼女よりも幼い男の子が、サメのぬいぐるみを抱きしめながらとことことやってくる。

「怜くん早いね！　とんできたの⁉　ひこうきみたい！」

「飛行機はもっと速いぞ。今度実際に見せてやるよ。それで、陽奈。蓮華は？」

「お姉ちゃんなら上にいるよ」

「サンキュ。おまえは凛太郎とそっちのおじさんを案内してやって。テレビのある部屋でいいから」

「わかった！」

怜はそのまま階段を上って二階へと行ってしまう。ぽかんとその後ろ姿を見送っていると、下から手を引っ張られた。

「おじさん、こっち」

疑うことを知らない純粋な瞳で言われて、心にぐさっと矢が刺さる。まだおじさんではないと思いたいが、少女からすればそう見えても仕方ないのかもしれない。「瀬ヶ崎くんのいじわる」と元凶の彼が去った方を恨めしく睨んでから、絢斗は靴を脱いで上がり框をまたいだ――刹那。

背筋に走った覚えのある緊張感に、絢斗は勢いよく周囲に目を走らせる。お化け屋敷で驚かされたように心臓が勝手に加速する。いや、本当に驚かされた気分だ。まさかこんなところで感じるはずのない気配を感じて、頭が混乱している。

なぜならそれは、紛れもなく、母の霊力だったからだ。

けれど母が東京にいるはずがないのだ。あの人は岩手の地から動こうとしない。まるで誰かを待ち続けるように、その地を出ることをことさら嫌っている。

だから絢斗は上京した。母が追ってこられない地に、手を出せない場所に逃げて来た。

まだ忙しなく暴れる鼓動に翻弄されていたら、少女とは逆の手を誰かに握られて下を向く。サメのぬいぐるみを片手で大事そうに抱えた男の子が、感情の窺えない瞳でじっと絢斗を見つめていた。

「凛太郎、おじさんのこと気に入ったの？　じゃあみんなであそぼっか」

両手に花ならぬ、両手に子どもという状況に、絢斗は別の意味で戸惑う。

ただ、絢斗が彼らに意識を移した隙に、不穏な気配も霧散してしまったようだ。気のせいにしてはすっかり指先が冷たくなってしまっているが、気のせい以外の可能性を考えたくない絢斗は気づかなかったふりをした。

「ねえ、おじさんは、怜くんのお友だちなの？」

「お友だち……どうかなぁ」

テレビのある部屋とはリビングのことだったようで、廊下の左にあった扉を開けて中へとお邪魔する。

広いリビングには、右手前に大きなローテーブルとソファが置かれていた。奥には畳が敷かれた空間もあり、外観から想像した以上に内装はきれいな印象を受ける。もしかするとリフォームしているのかもしれない。左側にはカウンターキッチンがあり、少し覗いた流し台のところには食器とコップが置きっぱなしになっていた。

絢斗は初めてグループホームという場所に足を踏み入れたが、外観も内装も『施設』というよりは『家庭』に近いのだなと、ぐるりと見回しながら思う。

「あ、そういえば自己紹介してなかったね」

「じこしょーかい？」

「僕の名前、言ってなかったなって。僕は桜庭絢斗。桜庭でも、絢斗でも、呼びやすいほうで呼んでね。二人の名前も訊いていいかな？」

「陽奈はね、早川(はやかわ)陽奈っていうの。あのね、かん字で名前書けるんだよ。すごいでしょ？」

「うん、すごいね」

全力で自慢する彼女がかわいらしい。

陽奈は絢斗から手を放すと、絢斗を挟んで隣にいた男の子の後ろにいく。

「この子は東(あずま)凛太郎だよ。怜くんにもらったぬいぐるみがお気に入りなの」

「へえ。じゃあこのサメは、瀬ヶ崎くんが？」

「そう！　凛太郎の一番のお友だちなんだよね」

陽奈がそう言うと、凛太郎がこくりと頷いた。二人からはマイナスイオンでも出ているのか、心が癒やされる。思わず頭をよしよしと撫でていたとき、ハッと我に返った。

（あれ、そういえば殺人は？）

厳密には、起こるかもしれない殺人だ。それを食い止めるために覆面パトカーを走らせたはずだが、この穏やかな空間のどこにも犯罪の匂いがしない。

怜を問い詰めたいところだが、彼は二階に行ったきり戻ってこない。

さてどうしようと困った。実を言うと、絢斗はこれまでの人生で子どもと接したことがほとんどないのだ。学生時代は一人ぼっちだったし、就職してからは周囲が年上ばかりになり、ますます子どもという存在から遠ざかった身である。

よって、子どもと何をして遊べばいいのかがわからない。というより、呑気に遊んでいてもいいのだろうか。

陽奈は壁沿いに置いてある収納ボックスから人形(ドール)を取り出すと、絢斗をソファに座らせ、はい、と二体のうちの一体を渡して自分も隣に座った。ずっと絢斗から離れなかった凛太郎も反対側の隣に座る。

人形は、どちらもフリルの付いた服を着たかわいらしい女の子が、手にステッキを持ってポーズを決めているものだった。陽奈が持っているのがショートカットの女の子で、絢斗が持っているのがポニーテールの女の子だ。

「こっちが『あかりちゃん』で、あやとくんにわたしたのが『りこちゃん』だよ。二人とも、怜くんのトリィより強いの。陽奈のお友だち。とくべつに見せてあげるね」

これにはびっくりして、訊ねずにはいられなかった。

「トリィのこと知ってるの？」

「知ってるよ～。トリィは怜くんのお友だちだもん。怜くんのお兄ちゃんが、怜くんにあげたやつなんだって。だから怜くん、トリィのこと大すきだよ」

色々な衝撃で言葉が出てこない。怜の本当の家族の話には初めて出会った。まさか兄がいるとは。だったら、彼の兄もこのホームの出身なのだろうか。今は一人暮らしをしている怜だが、兄はどこにいるのだろう。

「ほら、凛も。あやとくんにほかのお友だち、見せてあげる？」

陽奈が言うと、凛太郎は無言で立ち上がり、絢斗の手を引っ張った。畳コーナーのぬいぐるみが並ぶ場所まで連れて行ってくれると、そのうちの一つを手にとって絢斗に渡す。

「クマさん？　かわいいね」

絢斗の言葉に同意するように凛太郎が頷いた。クマは首に赤いリボンを巻いていて、つぶらな黒い瞳がキュートな茶色のテディベアだ。そこには他にもペンギンやうさぎ、カメ、ハリネズミなんかもいる。

「みんなかわいいでしょ？　怜くんがね、おもちゃは大切にしないとだめって言ったから、凛太郎、ちゃんと大切にしてるんだよ。でもこのクマ、青いリボンの子がいなくなっちゃったんだよね」

凛太郎がぎゅっとサメのぬいぐるみを抱きしめた。「どこにあそびに行っちゃったんだろうね～」と陽奈は不思議そうに凛太郎と話しているが、このときの絢斗は別のことに意識を持っていかれて会話に交ざることができなかった。

（おもちゃは、大切に……？）

とても彼の言葉とは思えない。なにせ絢斗のことをおもちゃ呼ばわりした男だ。

でも、そういえば彼はこうも言っていた。

『俺のおもちゃ二号だ』

『二号としてならかわいがってやるよ』

怜曰く、一号はトリィらしい。陽奈も言っていたように、彼はトリィを大切にしている。わざわざ式神にするくらいなのだ。それは絢斗だってすぐに気づいた。

怜が本当に『おもちゃを大切に』していて、彼の中の『おもちゃ』がトリィであるなら、おもちゃは大切にしないとだめだと言う彼の言葉に違和感はない。

――それなら、絢斗は？

怜にとって、二号とはなんなのだろう。彼にとっての『おもちゃ』とは、もしかして絢斗の思う意味とは別なのだろうか。

そのとき、ようやく怜が二階から下りてきた。リビングの扉がカチャリと開く。

「とにかく、俺は認めねぇからな。一回そいつ連れてこい」

「だから違うって言ってるじゃん！　そもそも本当に彼氏がいたとして、なんで怜くんに紹介しなきゃいけないの？　父親でもあるまいし」

「はあ？　誰が育てたと思ってんだ！　学生の本分は勉強だろうが！」

「怜くんのそのたまに正論言うとこほんと嫌い！　それに、育ててくれたのはホームの先生だもん！」

「はっ。『怜くんがパパならよかったのに』とか言ってたのはどこのどいつでしたっけ～？」

「ちょっ、そんなの昔でしょ！　ほんとデリカシーない！」

まるで嵐のような言い合いに、絢斗は目をぱちくりと瞬いた。

怜の視線がこちらに移り、目が合った瞬間、眉根を寄せられる。

「なにしてんだ、絢斗。おもちゃがおもちゃまみれになってんじゃねぇよ。陽奈、凛太郎。大事なもん他人に渡して壊されても知らねぇぞ」

「だいじょうぶだよー。見せてただけだもん。ね、凛」

凛太郎が肯定するように絢斗へ身を寄せる。なぜ懐かれているのかは全くわからないけれど、懐かれて嫌な気はしない。

かわいいなと思って凛太郎の頭をもう一度撫でれば、彼がわずかに目を細めた。

「うそっ、お客さんいたの？　初めまして～、里中蓮華です。えっと、怜くんのお友だち……ですか？」

おずおずと質問してきたのは、先ほどまで怜と喧嘩をしていた少女だ。まだ中学生くらいだろうか、紺色のセーラー服を着ている。今日は平日なので、学校から帰ってきたばかりなのかもしれない。

「誰が友だちだ。こいつは俺のおもちゃだ」

あ、と思った。

「おもちゃ？　怜くんそれ、人に言うのはまずいよ。誤解されるよ？」

「誤解も何も、おもちゃはおもちゃだろうが」

また言い合いが始まりそうな気配を察知して、絢斗は二人を止めるように挨拶をする。

「こちらこそ初めまして。急にお邪魔してごめんね。僕は瀬ヶ崎くんの仕事仲間で、桜庭絢斗っていいます。よろしくね」

「桜庭さん。いつも怜くんがお世話になってます」

蓮華が礼儀正しく腰を折るので、絢斗も慌ててお辞儀を返した。

「逆だ、蓮華。俺がそいつを世話してんの」

「はい絶対嘘。どうせ怜くんが好き勝手振り回してるんでしょ」

素晴らしすぎる彼女の推察に絢斗は拍手を送りたくなった。さすが一緒に暮らしていたらしいだけあって、怜のことをよくわかっている。

それで、と絢斗は切り出した。

「僕、重要犯罪が起きるかもって聞いて来たんだけど、あれなんだったの？」

「ああ、それな。こいつに彼氏ができた」

「…………うん？」

絢斗は自分の耳を疑って、もう一度訊ねた。

「ごめん。なんて？」

「だーかーらー。蓮華に彼氏ができたってメッセが来たから問い詰めてた」

「彼氏!?　え!?　それがなんであんな話に!?」

「ろくでもない男だったら俺が血祭りにするから」

「犯人まさかの君!?」

衝撃的すぎて二の句が継げない。唖然とする絢斗に、蓮華のほうが申し訳なさそうに謝る。

「すみません。きっと怜くんが無理やり連れてきたんですよね？　めっちゃ想像できます。でもあの、違うんで。最近私が帰るの遅かったり、出掛けたりするのを、他の子たちが勝手に彼氏ができたせいだって、怜くんにチクっちゃって」

どうやら怜はどこにでも自分のスパイを忍ばせておくようだ。告げ口された蓮華の気持ちが絢斗には痛いほどよく理解できる。

「ほら、そういうことだから、怜くんはもう帰って。いつまでも桜庭さんを付き合わせたら悪いでしょ」

「絢斗はいいんだよ。それより――」

「あーもうしつこい！　違うって言ってるでしょ！　いいから出てって！」

結局、蓮華のその勢いに押され、絢斗と怜はホームを後にすることになった。

車に乗り込む際、玄関の前に『あさひホーム』と書かれた看板を見つける。来たときは見逃していたようだ。

グループホームというのは、最大六人までの子どもたちが、一般家庭に近い環境でサポートを受けられる施設のことらしい。絢斗は帰りの車中で怜にそう教えてもらった。

その話の流れで、彼の過去に触れようか触れまいか、絢斗は悩んだ。

本当は踏み込むべきではないのだろう。わかっている。この話題は土に埋まっていない地雷だ。

それでも、怜があれほど弱い人間を嫌う理由がそこにあるような気がして、知りたいと思ってしまったのも事実だ。単なる好奇心ではなく、彼の相棒として知っておいたほうがいい気がした。

だから絢斗は、意を決して口火を切ったのだ。

『――俺は父親が捕まったから、あの施設に入った』

それが、勇気を出した絢斗に対する、怜の答えだった。

始めは話す気なんてなさそうだったのに、絢斗の顔を見て、それからため息をこぼすと、怜は窓の外へ目を向けた。最初はそれで拒絶されたと思ったけれど、そういうわけではなかったようで、ぽつぽつと話し始めた怜に耳を傾ける。

外はもうすっかり夜の帳を下ろしていて、夏に比べると随分日の入りが早くなったように思う。夜の街並みをぼんやりと眺める怜は、ひとり言のように続けた。

『母親も、俺の力を疎んでとっくに出て行ってた。しかも父親が捕まった理由が最悪も最悪で。自分の子どもへの傷害致死』

絢斗は危うく急ブレーキを踏みそうになった。思わず怜の方へ視線をやってしまい、気づいた彼に『前』と短く注意される。慌てて前方に目線を戻すと、少し先の信号が黄色に変わるところだった。

『知ってるか、絢斗。虐待された子どもはな、結構な確率で自分もする側に回るらしい。ウケるよな。統計とった奴の顔が見たいよ。おまえはどう思う？』

『どうって、何が』

『最初から結果をわかってて、そんな統計をとったと思うか？　だったらいい勘してるよ』

『いい勘？』

『当たってるかもねって話。親戚はいたけど、そりゃあ引き取りたくねぇよな』

淡々とした口調だった。それが逆に痛々しかった。

同時に、とても腹立たしかった。

『なんでそんなこと言うの？　確かに君は口が悪いし態度も横柄だし自分勝手で傍若無人ではあるけど、でも！　犯罪者とは違うでしょ』

ホームの子どもたちを見ればわかる。彼らは怜を慕っていた。虐待するような暴力人間が、あんなふうに慕われるはずがない。蓮華だって、あれは親しいからこその喧嘩の仕方だった。

『君は違う。僕が保証する』

『おまえ俺に殴られてばっかかなのに？』

『別に僕はいいよ』

『出た甘ちゃん』

『そうじゃなくて。僕は人間じゃないから。……まあ、妖でもないけど』

どちらにもなれない中途半端な存在――絢斗は自分をそう思っている。どっちつかずの浮いた存在は誰の仲間にも入れてもらえない。独りぼっちで、だから、哀しむ存在もない。

『というか、瀬ヶ崎くんが本気で殴ってないことくらい、僕だってわかってるよ。だって君の本気は、僕を殺せるからね』

『それも出た。死にたがり』

『語弊あるよ』

信号が青になったので、いったんそこで文句を止めて運転に集中する。

車内を沈黙が包んだが、意外にも怜のほうがそれを破った。

『ま、確かにあのクソ男みたいにはさすがの俺もなりたくはないけどな。あいつ、出所後に行方をくらませやがったんだ。ほんとクズ。次会ったら絶対ぶちのめしてやる』

でも、と彼は神妙な面持ちで続けて。

『俺だけじゃない。そういうクソみたいな親のせいであそこにいるのは』

だから必要以上に構ってしまう自覚があるのだと、怜は言った。

蓮華の彼氏の話だって、その話の真偽はどうでもいいのだ。蓮華が幸せならそれでいい。でももし変な男に捕まって傷つけられでもしたら、相手の男は半殺しにする。怜にとっては、あのホームにいる子どもたちこそが大切な家族だから――。

（家族か……）

絢斗にも家族はいる。父の顔は知らないけれど、母がいる。父に似ているらしい息子を愛しすぎた――愛しすぎて、雁字搦めにしようとする母が。その執着が恐ろしくなって、絢斗は母から逃げてきた。絢斗にとって家族とは、歪な世界そのものだ。

そして怜にとっても、血の繋がった家族はあまり良い存在ではないのだろう。

絢斗はここでこれを掘り返していいものかと逡巡して、逆に今しか訊けない気もして、おもむろに口を開いた。

『ねえ、話を戻して悪いんだけど。さっき、傷害致死って言ったよね？』

父親が、傷害致死罪で捕まったと。しかも出所しているということは、その罪で逮捕されただけでなく、裁判でちゃんと判決まで下されたということだ。

つまりその事件の被害者は死んでおり、殺したのが怜の父親であることを司法も認めた。

『君は生きてる。幽霊じゃない。じゃあ、亡くなったのは誰なの？』

『…………』

『もしかして、トリィをくれたっていう、君のお兄さん？』

ドアウィンドウに反射する怜の眉が、ぴくりと動いたような気がした。盛大なため息をこぼした彼が、ぶすっと答える。

『ったく、誰に聞いたか知らねぇけど、そうだよ、兄貴だ。俺のこと庇って死んだ。ほんと馬鹿だよな。別にあの頃だってもう俺は力が顕現してて、兄貴より強かったのに』

ああ、そうか。そういうことだったのかと、妙に納得した気分で絢斗はやるせない息を吐き出した。

怜が弱い人間を嫌っているのは――憎んですらいるのは、彼の兄のことがあったからなのだ。自分より弱い兄が、自分を守って父親に殺された。目の前で死んだ。

だから怜は、本当は弱い人間が嫌いなのではなく、身を挺して守られることが嫌いなのだろう。そうして守られないために、わざと憎まれ口を叩くのだ。

『……なあ、おまえにさ、一回だけ訊いてみたかったことがあるんだけど』

『なに？』

『おまえ、なんでそんなお人好しなの？』

『お人好し？』

『自分が嫌われ役を買ってまで他人の仲をとりもったり、自分のことより他人が傷つかないよう庇ったり。普通はさ、誰だって自分がかわいいもんだろ？　なんで？』

『なんでって訊かれても……考えたことないんだけど。それに僕、自分のことお人好しとは思ってないし』

『はあ？　あれがそうじゃなくてなんなの？　舐めてんの？』

『なんでキレてるの!?』

ちょっとしんみりしていた空気が台無しだ。いや、別にずっとしんみりしたかったわけでもないけれど。

『そう言われても、本当にそうとしか言えないよ。単純に人が傷つくところを見たくないだけで、結局それは誰かのためじゃなくて、僕自身のためだから』

『出た三回目。ほんとイイ子ちゃんな、おまえ』

『その出たっていうのやめて』

すると、怜がぽつりとこぼした。

『まあでも、兄貴はおまえと違って、なんにも考えてなかったんだろうなぁ』

『そうだね。きっと、君を守ることしか考えてなかったと思うよ』

『はっ、なんでおまえにわかんだよ』

『だって君、お兄さんのこと大好きでしょ？　だからお兄さんも、君のこと大好きだったと思うんだ。大好きな人をただ守りたかった。そこに強いとか弱いとかは関係ない。理屈じゃないってこと、君が一番知ってるんじゃない？』

だって怜も、もし立場が逆だったら、彼の兄のように守っていただろうから。彼がそういう人間だということを、絢斗はもう知っている。

（トリィは形見だったんだ、お兄さんの）

それを式神にしているような情の厚い人間を、どうして最初の頃のように怖いと思えるだろう。微笑ましくなって、ふふっ、とつい笑ってしまったら。

『笑うな！　やっぱ教えるんじゃなかった、今すぐ忘れろっ』

どこからか現れたトリィから、お馴染みの尻尾チョップを食らった。

車の窓から、怜が自宅のアパートに入っていくのを見送る。

秋の夜風が頬を撫でる。

「――でも、僕は知れてよかったよ。おやすみ、瀬ヶ崎くん」

玄関の扉が閉まったのを確認して、絢斗は再び夜の街へと車を走らせたのだった。

＊

「はい、ハンバーグ定食ライス大盛り！」

絢斗がぬいぐるみ襲撃事件の捜査を開始してから、早くも数日が経った。

その間にも、ぬいぐるみに襲われたという学生が後を絶たない。しかも驚いたことに、その被害は土日にも及んだ。学生ばかりを狙っているため、勝手に平日にしか事件は起こらないと思い込んでしまっていた自分を絢斗は深く反省した。

ただそのおかげで、新しい共通点を見つけたのだ。

絢斗は自分の前で嬉しそうにハンバーグ定食を受けとっている怜を見やり、ひっそりと息を吐く。

ここは明誠大学の地下二階にある食堂だ。

すでに伊達の許可をもらったぬいぐるみ襲撃事件は、基礎調査から本格的な捜査に転じている。そのため今日も聞込みをしようと思ったのだが、新しく見つけた共通点について相談しようと思い、怜を訪ねてきた。結果、なぜか彼にランチを奢る羽目になっている。

「はい、お兄さんには天ぷら蕎麦ね！」

「ありがとうございます」

食堂で給仕をしてくれるおばちゃんがトレーに天ぷら蕎麦を載せてくれる。それなりに量があるのに、これで四百円は破格の値段だろう。

だからまあ、前に一万円を渡したことを思うとそれよりはマシかと、ちゃっかり惣菜まで買っている怜の背中を眺めながら諦める。

さすが昼時の食堂は混んでおり、ぎりぎり見つけた空いている席に二人で座った。

「君、本当に財布忘れたの？」

「忘れた忘れた」

なんとも軽い返事だが、まあいいやと絢斗は切り替える。

「じゃあ帰りは送ってあげるから、終わったら連絡してね。どうせこの辺にいるし、僕」

そう言うと、怜が険しい顔で絢斗の眼前にフォークを突き出してきた。そして。

「おまえは絶対壺を買わされる」

「なにその予言めいた言葉!?」

蕎麦の上に乗っている海老の天ぷらをフォークで刺して、自分の口の中に入れる。

「僕の海老！」

「おまえのものは俺のもの。俺のものも、当然俺のもの」

「それ本気で言う人初めて見たよ！」

「それで、俺に話ってなに」

温かい蕎麦を咀嚼しながら、絢斗はスーツのポケットに常備しているメモ帳を取り出す。

ぱらぱらと何枚かページをめくり、ここに来る前にまとめた箇所を開いて見せた。

「これは事件の発生時刻と場所をまとめたものなんだけど、ちょっと時間のほうを見てほしくて」

「ん〜？」

「もともと夕方以降に事件は起きてたでしょ？　幽霊ならまあ、活動時間的にそうなるかなって、特に気にしてはなかったんだけど。ここ見て。土日のとこ。日中にも事件が起きてるんだ」

「んー。なあ絢斗」

「なに？」

「その前におまえ、字汚ぇな。読みづれぇんだけど」

「ごめんね!?　徹夜で眠すぎて死んでたんだよ、このときはっ」

「は？　なにおまえ、また徹夜してんの？　ただでさえ低い能力が下がるからやめろっつっただろうが」

「いやでも、都内の死者の確認だけでも、量が膨大で……」

しかも被疑者が被害者に恨みを持った正確な時期が不明のため、どこまで遡るかも問題なのだ。今は事件発生直前から順に遡っているけれど、目安の一週間を越えても『卯花』の名前がない場合、さらに過去を探る必要も出てくる。

「そもそもの話、動機の見当もつかないんだよね、今回の事件って。被害者は特に怪我を負わされているわけではないし、なんなら噂を聞いて面白がった学生の中には、逆に追いかけたって子もいたんだ。まあすぐに逃げられたみたいだけど。だからとにかく、派手な茶髪の男子学生に何かしらの因縁は持ってそうではあるんだけど、最終的に何がしたいのかは全くのお手上げで……」

途方に暮れたように肩を落とす。

怜は絢斗のメモと睨めっこしたあと、ニヤリと口端を上げた。

「なるほどね。おまえの言いたいことは理解した」

「え、本当？」

「面白いじゃん、この法則。となると、犯人は幽霊じゃない可能性も出てきたわけだ」

「そうなんだよ！　やっぱり瀬ヶ崎くんもそう思う？」

被疑者が幽霊ではない、もう一つの可能性。それは『能力者』だ。

犯行時刻が平日は夕方に偏っていて、土日が日中に偏っているのがそう考えたきっかけだった。幽霊だって、別に昼に全く動かないわけではない。けれど幽霊は幽霊だからこそ、時間に縛られないものだ。

なのに絢斗がまとめた犯行時刻は、まるで縛りがあるように偏っている。

「んでもって、この時間に縛られるとしたら――」

絢斗は怜の講義終了を待って、彼とともに明誠大学の構内を歩いていた。

これだけ聞けば何もおかしなことはないけれど、絢斗は今、スーツ姿ではない。明るめの茶髪を風になびかせ、いかにも充実した学生生活を送っていますという派手な見た目で、顔も適当に昔の同級生に似せている。

つまり素顔ではなく、変化した状態で怜と大学を闊歩しているところだ。隣の怜が学内で有名なおかげで、多くの視線が自分たちに集まる。

言ってしまえばこれは、囮作戦である。

本当は怜の髪色を真っ黒にしてやりたかった絢斗だが――彼を囮にしないために――本人が全力で拒否してきたので叶わない。

「よし、絢斗。そろそろ時間だ。行くぞ」

これまでの傾向から割り出した、もっとも犯行が多い時間帯に大学を出る。

被害者たちは必ず一人のところを狙われているので、構外からは怜とは別行動だ。大学の周辺はさすがに学生が多いので、絢斗はわざと人の少ない道を選んで歩いた。

結論から言って、この日は他の学生が被害に遭った。

そのため翌朝、絢斗は再び同じ人相の男子学生に変化し、怜とともに明誠大学の近くにある高校や中学校を回っている。

なぜなら、これこそ二人が見つけた、新たな法則性に関係しているからだ。

平日は夕方が多く、土日は日中が多い犯行。

夜に行わないのは、その時間帯、行えない理由があるからではないか。平日の日中に襲わないのも、襲えない理由があるからではないか。そう考えた。

　とすると、平日の夕方から時間をつくることができ、土日は日中が空いているのなんて、学生――それも高校生か中学生だろうと見当をつけた。大学生ならもっと時間の融通が利くため、怜が「大学生はない」と結論づけている。

　犯人像としてはあまり考えたくない対象ではあるものの、いつ怪我人が出るともわからないため足踏みなんてしていられない。

　平日の日中に犯行に及ばないのは、その時間、学校があるから。

　平日の夜遅くや土日の夜に犯行に及ばないのは、家族にバレないよう家にいるため。

　辻褄はきれいに合った。

　そして、絢斗たちが大学周辺の学校に絞ったのは、平日の犯行時刻と学校の授業終了時間を踏まえ、犯人が半径二キロ圏内の学校に通っている可能性が高いと推測したからだ。

　日中と夕方は大学で囮をし、朝は犯人を揺さぶるために登校中の中・高校生に『卯花』について訊ね回る。

　この作戦を立案したのは、怜である。おかげで、

「絢斗おまえ、ナンパへたくそか」

「ナンパなんてしてないから！」

　中学生にも高校生にも尽く変質者扱いされた絢斗は、危うく通報されそうになって怜の許へ逃げてきたところだ。

「てかなんでこっちの聞込みは瀬ヶ崎くんやらないの!?」

「おまえがやってるの見てるほうが面白いから」

「きっとそんな理由だろうと思ったよ！」

これで本当に犯人が動揺して絢斗を狙ってくれるならいい。いいけれど、人から不審な目で睨まれることには慣れていないので、地味に心が傷つく。

「作戦を面白いかどうかで立てないでほしいよ、まったく」

「じゃ、大学行くぞー」

「聞いてないし！」

はあ、と嘆息してから怜を追う。

その日の夕方も、同じように囮作戦を実行した結果。

「うわあああ！」

絢斗と怜ではないものの、近くで悲鳴が上がった。すぐにそこへ走る。家と家の間の裏道みたいな石階段の上。今にも腰を抜かしそうな若い男が、後ずさりするところに居合わせた。男は後ろを見ていない。このままでは階段から落ちる。絢斗は考えるより先に階段を駆け上がる。男がついに足を踏み外した。そこで初めて後ろに視線を向けた男の見開いた目と、目が合う。

「わあああ！」

転げ落ちてきた男を途中で受け止めて、しかし勢いを殺しきれず絢斗も一緒になって落ちていく。その間、男の身体を守るように頭から抱きしめた。

やっと勢いが止まって、痛みに顔を歪めながら上体を起こすと、今度は階段の上から覗くぬいぐるみと視線が交差する。

それに驚く間もなく、ぬいぐるみが階段下にいる絢斗の許に文字どおり飛んできた。クマだ。首に青いリボンを巻いている。それが眼前に迫る。

咄嗟に反応できない絢斗に、そのクマは威張るような姿勢で胸元のワッペンを強調してきた。そこにはこれまでの証言どおり『卯花』の文字がある。おかげで我に返った絢斗は、ぬいぐるみに向かって問いかけた。

「ねえ、もしかして君は、卯花さんを捜してるの？　それとも、卯花さんに関わりのある〝誰か〟を捜してるの？」

ぬいぐるみは答えない。当然と言えば当然か。

「伏せろ絢斗！」

そのとき、怜の声が横からして、絢斗は咄嗟に上半身を前に倒した。

怜に投げられたトリィの身体が、空中でどんどん大きくなっていく。二メートルを優に超えるサイズになったトリィは、ぬいぐるみを二本の角で串刺しにしようとした。が、ぬいぐるみはふわりと高度を上げて、華麗に避ける。

そのまま階段の上に消えていくぬいぐるみを怜が追いかけたが、捕まえることはできなかったようだ。

（……ちょっと待って。今の、って）

怜が悔しそうに階段を下りてくるのを呆然と眺めながら、絢斗は遅れて気づいた事実に内心で混乱を極める。

怜はぬいぐるみを一瞬しか見ていない。だから気づいた様子はない。

（まさか、あれって）

脳内に、つい最近見た光景が流れる。似ている。違いと言えば、リボンの色だけだ。

いや、でも違うかもしれない。ああいう特徴のものは、探せばいくらでも似たようなものが出回っているから。

でも。でも。

──あのぬいぐるみの、あの霊力は。

（おかしい。ちゃんとぬいぐるみを見てなくても、瀬ヶ崎くんがあれを見逃すとは思えない）

そばにやって来た怜は、絢斗の膝の上で気絶している男の頬をぺちぺちと叩いている。男は小さく呻くだけで、目を覚ます気配はない。

（つまりあれは、僕にだけわかるように、向けられたもの）

ああ、不可抗力とはいえ、座り込んでいてよかったと心底思う。もし立っていたら、絢斗は膝から見事に崩れ落ちていただろう。

「──い。おい、絢斗」

「っ、な、なに？」

『なに』はこっちのセリフ。俺が来るまでに何かあったか？」

「え、なんで？」

「なんでって……チッ」

なぜか舌打ちをされる。今はいつものように文句を言う元気もない。

怜が気絶している男を抱えてくれたので、重しがなくなった絢斗もゆっくりと立ち上がった。

「こいつは俺が適当に転がしとく。だからおまえは、とりあえず帰って自分の顔を鏡で見ろ。んで寝ろ」

「適当って、どこに転がしておくつもり？　だめだよ。それに、事情聴取もしたい」

「俺がやっとく」

なんだかいつもと様子の違う怜に、絢斗は首を傾げた。

再度彼を止めるものの、彼はさっさと歩き出し、巨大化したトリィを壁代わりに置いていく。そのせいで後を追うこともできない。

諦めて覆面パトカーに乗り込んだ絢斗は、エンジンをかけることもできずに、自分の震える指先をぎゅっと握り込んだ。

あれは気のせいではなかったのかと、過去の自分を呪うように喉の奥で唸る。

先日、怜の育ったグループホームに行ったとき、襲われた緊張感。覚えのあるものだった。忘れられるはずもない。それは絢斗の中にトラウマとしてくっきりと刻まれたものだ。

けれど、そんなはずがないのも確かだった。あの人がいくら絢斗に執着していたところで、それは絢斗自身に対するものではない。絢斗を通して別のものに執着しているあの人が、あの岩手の山村から出てくるはずはないのだから。

（でもう、そう言い聞かせて、誤魔化せないよなぁ）

細く長く息を吐いて、絢斗はついに覚悟を決める。

ブレーキペダルを踏んでエンジンをかけると、怜の忠告を無視して自宅とは違う方向へ車を発進させた。

やがて見えてきた白壁の一軒家を、絢斗は睨むように見上げる。

玄関前には、先日見たものと変わらない『あさひホーム』の看板がある。けれど先日よりホームの雰囲気が淀んで見えるのは、絢斗の心境のせいか、はたまた別の理由か。

小石の駐車場に車を停めて降りると、深呼吸してから玄関へと向かう。

すでに黄昏時は過ぎている。

下ろされた夜の幕は、人ならざるモノのために下ろされた緞帳のようだ。光り輝くステージなど、彼らには不要である。彼らが欲するのはステージ裏のおどろおどろしい闇だけ。

ピンポーン、と恐る恐るインターホンを押した。

蓮華が出てくれればいい。陽奈や凛太郎でもいい。むしろ出てほしい。

けれど、インターホンから聞こえてきたのは。

「久しぶりですね、絢斗」

「……っ」

予想はしていても、当たってほしくはなかった声だった。

「残念です。まさかあそこまでしないと気づいてくれないとは。今行きますから、そこにいなさいね」

ぶつりと、通話が途切れる。

手先の震えと一緒に恐怖が限界値を突破したせいか、一周回って笑いが込み上げてきた。結局捕まるのかと、情けない自分に嫌気が差す。

玄関扉から現れたのは、繊細なレースをあしらった白い着物を着た、この世のものとは思えない儚い美しさで人を魅了する女だ。

絢斗の、実の母親。

「おかえりなさい、わたしの愛しい吾子。ああ、何年ぶりでしょう。永い時を生きるわたしですが、あなたに会えない日々はそれはもう長く感じたのですよ」

そう言って、母は絢斗を愛おしげに抱きしめた。

絢斗の中に流れる妖の血は、この母のものである。昔、人間の父に一目惚れした母が、父を騙して絢斗を身ごもった。当然のごとく父は母を恐れ、知り合いの能力者の協力のもと、母と絢斗の前から姿を消した。

母が徐々におかしくなったのは、いや、絢斗に固執するようになったのはそれからだ。

そして絢斗が八歳のときに、妖の力が暴走したせいで同級生に怪我をさせてしまい、以来誰からも存在を無視されるようになったのが決定打だった。

もともと身体の小さかった絢斗はいじめられていたが、それまでの暴力よりも、存在を無視されるほうが絢斗にとっては辛かった。

その頃から母は絢斗を外に出したがらなくなり、過度に干渉し、絢斗が強く反抗すると力でもって押さえつけ、絢斗が人間ではない現実を突きつけるようになった。

そうして最後に、必ずこう囁くのだ。

――〝母だけですよ、あなたを愛しているのは〟

耳の奥にこびりつく、ねっとりとしたその声を思い出し、絢斗は背筋を震わせて反射的に母を突き飛ばした。

「……してっ」

絢斗の抵抗など意にも介さない母は、ゆったりと首を傾ける。

その仕草に、今は恐怖よりも怒りが沸く。

「どうしてここにいるの、母さんっ」

「どうして？　あなたを取り戻すためです」

「違うでしょ！　僕が言いたいのは、なんでこの家にいるのかってことだよ。僕を追ってきただけなら、直接僕の前に来ればいい。なのにどうして……っ」

絢斗は母が恐ろしい。それでも、罠だとわかっていても来たのは、ここが怜の大切な場所だからだ。彼の大切な家族がいるからだ。

「ねえ、何もしてないよね？　ここの子たちに」

「なぜそんなことを訊ねるのです？　絢斗はこの母より、人間のほうが大事だと言うのですか？」

「そういう問題じゃないでしょ……っ」

嫌な予感がしている。最初にこのホームに来たときに感じた緊張は、母が絢斗に向けてわざと威圧を放ったからだ。

次にぬいぐるみから感じた霊力は、忘れたくても忘れられない母のものだった。

――では、なぜ、ぬいぐるみから母の霊力を感じたのか？

母は妖だから、ぬいぐるみを使って人を襲うなんてまどろっこしい真似はしない。

そして母が単にあの事件を利用して絢斗に接触してきたというのなら、こんな偶然はありえない――絢斗を襲ったクマのぬいぐるみは、ここにいる凛太郎の友だちだと紹介されたものとリボンの色以外は瓜二つだった。青いリボンのクマがいなくなってしまったと、陽奈と凛太郎が寂しがっていた。

「母さん、お願い。僕ならいいけど、ここの子には手を出さないで」

人間は、簡単に死んでしまう生き物だ。絢斗とは身体のつくりからして違う。絢斗が過去に傷つけてしまった同級生も、危うく死ぬところだった。その同級生より幼い命なら、母はアリを踏み潰すみたいに呆気なく刈りとってしまうだろう。

「本当に残念です、絢斗」

感情の乗らない声に、絢斗の心臓が縮み上がる。

「やっとの思いであなたを見つけたと思ったら、まさか天敵である警察にいただけでなく、人間に肩入れするようにもなっていたなんて。酷い子です」

「……っ」

「あなたに選択肢を与えましょう」

母がすっと駐車場の方を指差す。すると、車の陰から一人の少女が現れた。蓮華だ。それだけでもびっくりしたのに、母はさらに衝撃的なことをあっけらかんと言い放つ。

「彼女があなたの追っている事件の犯人です。強い恨みを持て余していた彼女に、わたしが声をかけました。絢斗、あなたへのお仕置きにちょうどいいと思いましてね」

「それ、どういう……」

「あなたが選べるのは、二つに一つです。わたしとともにあの村へ帰り、一生家から出ない生活を送るか。またわたしから逃げ出して、あの子を見捨てるか。さあ、選びなさい」

母は絢斗の性質をよく解っている。そんな二択を迫られて、絢斗がどちらを選ぶかなんてわかりきっているのだ。

それでも、絢斗に選ばせることに意味があるのだと言わんばかりに母は容赦なく答えを迫る。

「絢斗。あなたなら知っているでしょう？　わたしは気は長くありませんよ」

そんなのは知っている。けれど、どうして、という思いが胸の内を渦巻いている。

（どうして君が、あんなことを……っ）

怜と喧嘩していたときは、あんなに生き生きとした顔をしていたのに。

喧嘩をしながらも、なんだかんだその瞳には怜に対する親愛の情が浮かんでいた。

それが今では、感情を削ぎ落としたかのように昏い瞳をして、まるで別人である。

「蓮華ちゃん、本当に君がやったの？」

蓮華が小さく口を開いた。

「……ええ、そうです。ごめんなさい、桜庭さん。私には絶対にやらなきゃいけない復讐があるんです」

「復讐って、卯花さんに？　それとも、卯花さんのために？」

「卯花葵。私の、生き別れたお姉ちゃんのために」

想像もしていなかった真実に、絢斗は言葉を失った。いつのまにか蓮華のそばに移動していた母が、うっそりと微笑みながら蓮華の頬を撫でる。

「聞いたでしょう、絢斗。もし罪悪感で選べないというのなら、伝えておきましょう。きっかけを与えたのは確かにわたしですが、この子は自らわたしの許に堕ちてきたのです。あなたが罪悪感を抱く価値なんて、この子にはありませんよ？」

母が絢斗に向けて手を差し伸べてくる。

絢斗がその手を振り払えば、蓮華は復讐が完了次第、母に喰われるのだろう。

絢斗では母には敵わない。やはり道は一つしかない。もう二度と母のおもちゃにはされたくないと思って家を出たけれど、結局それは叶わない夢だったのかもしれない。

もしくは、母から逃げられていたこの数年間のほうが、淡い夢だったのかもしれない。

諦めて一歩を踏み出したとき、母と蓮華の後ろに、ドスンッと巨大な恐竜が現れた。

「――後ろがガラ空きなんだよ、オバサン」

トリィだ。トリィの頭上に不敵に微笑む怜がいる。

トリィの尻尾がすかさず蓮華の身体を包むと、母が反撃する前にジャンプして絢斗のそばに着地した。

「せ、瀬ヶ崎くん……なんで」

「よぉ絢斗。おまえさぁ、今あのオバサンの手ぇ取ろうとしただろ？　さては自分が誰のおもちゃか理解してねぇな？」

「いや、それより、なんでここにっ」

怜がトリィの頭上から飛び下りる。蓮華もそっと地面に下ろされていた。彼女も呆然と怜を見つめている。

「馬鹿かおまえ。俺が自分のおもちゃの異変を見逃すほど間抜けだとでも？　ぬいぐるみと遭遇してからあからさまに顔が真っ青になってんの、気づかないわけねぇだろ。だったら俺の取る行動なんて一つだ。おまえはいい加減に学べよ」

ひょっこりと現れた形代が、絢斗の肩の上で胸を反らす。それを見た瞬間、絢斗は気の抜けた声を出してしまった。

　本当に彼には敵わない。この傍若無人なところに今までは振り回されてきたのに、今は助けられているだなんて、笑ってしまうくらい皮肉な話だ。

　彼のいつもと変わらない悪態にほっとしてしまったのも、どうかしている。

「さて。そっちは初めましてだな。人のもんを二つも奪おうとしたんだ。あんたはここでぶちのめさせてもらうから、よろしくオバサン」

　怜が臨戦態勢に入る。そんな彼を止めたのは、意外にも蓮華だった。

「待って怜くん！　やめてっ」

　先ほどの昏い瞳から一転、彼女の瞳に生気が戻っている。

　彼女は怜の腰に抱きついて、行かせないよう踏ん張っていた。

「お願い、やめてっ。あの人がいなくなったら困るの。だってまだ……まだっ、葵姉を殺した人、見つけられてない……！」

　必死にしがみつく蓮華を一瞥してから、怜は鋭く母を睨む。

「てめぇ、こいつになに吹き込んだ？」

　ふふ、と母が嘲笑うように目を細めた。

「特に何も？　やる気なのは結構ですが、わたしがその子に近づいたことにも気づかなかった未熟者が、はたして本当にわたしに勝てるのですか？」

「へぇ。言ってくれるじゃん」

母の挑発に乗ろうとする怜に、絢斗はハッとして彼の前を立ち塞いだ。

「なんでおまえも邪魔すんだよ、絢斗！」

「だめ。絶対だめ。いくら瀬ヶ崎くんでも、母さんには敵わないよ！　あれでも妖の上位種なんだよっ」

「妖狐だろ。それくらいわかってる。もう隠す気ねぇじゃん、あのオバサン。狐の匂いがぷんぷんして臭ぇんだよ」

そのとき、母が予備動作もなしに狐火を放ってきた。瞬時に反応した絢斗が怜と蓮華を庇う。背中が青い炎に焼かれる。

懐かしい痛みに耐えていると、ふっと、炎が消えた。怜が浄化してくれたらしい。倒れそうになる絢斗を彼が支えてくれる。

「おまえの親もクソだな、絢斗」

「いいから、早く、逃げてっ。あの人、怒ったら手が付けられないんだ」

目の前で燃える絢斗を見たからだろうか、蓮華の顔から血の気が引いている。

「わ……私の、せいで……っ」

「おまえのせいじゃない。でもこれでわかったな？　自分が〝ナニ〟と取り引きしたのか」

「でも、でも私っ、葵姉の仇、とりたいよっ」

蓮華の瞳からぼろぼろと涙が零れ落ちていく。

「だって私の、たった一人のお姉ちゃんだもん……っ」

悲痛な声だった。絢斗の胸まで切なくなるような。

妖は人間の闇に敏感だ。母はいったい、蓮華の中にどんな闇を見出したのか。

「お父さんとお母さんが離婚して、離れちゃったけど、私にとっては変わらずお姉ちゃんだったんだもん！　お姉ちゃんは自殺なんかしない！　私を置いていかない！　それに、最後に会ったとき、ストーカーされてるって言ってた。だからお姉ちゃんは絶対、そのストーカーに殺されたの！　許せないよっ。なんでお姉ちゃんが死ななきゃいけなかったの？　なんでお姉ちゃんが自殺したなんて思われなきゃいけないのっ？」

「そうですよ、蓮華。あなたの姉は何も悪くありません。ですから、そんな姉を殺した男に、死より重い罰を与えましょう。それができるのはわたしだけです。あなたの魂と引き換えに復讐を成せるなら、安いものでしょう？」

怜が母を睨めつけるのと同時、トリィの長い尻尾が母めがけて横に振り下ろされる。しかし母は難なくそれを受け止めた。母の背後で、いくつもの尾が揺らめいている。

「尾があるのは、あなただけではありませんよ」

お返しとばかりに今度は母の尾がトリィの尻尾を叩き落とす。

「怜くん……怜くんっ。お願いっ。解ってよ……！」

蓮華が縋りつくと、ふざけんな！　と怜が怒鳴った。

「誰が理解してやるか！　おまえも、絢斗も、なんでそう自分のことを軽く見る!?　死んだ人間は生き返らない！　おまえが復讐したって、おまえが自分の命を差し出したって、もう二度と会えないしおまえの姉貴は褒めてもくれない！　遺されるほうの気持ちを、おまえは知ってんだろ？　陽奈と凜太郎はどうする？　絢斗、おまえだって、勝手に死なれたら困るって俺が言っただろうが！」

まるで横っ面を拳で殴られた気分だった。蓮華も目を瞠って固まっている。

「姉ちゃんの復讐なら俺が手伝ってやる。あんなババアに頼るくらいなら、最初から俺を頼っとけよ、馬鹿が……っ」

蓮華の頭をわしゃわしゃと撫でる彼が、絢斗には泣いているように見えた。

（そうだ、瀬ヶ崎くんだって……）

彼だって、実の父親に兄を殺されている。

死んだ人間が二度と生き返らないことを、彼は誰よりも理解している。

兄が守ってくれた自分の身を、彼は自分なりの方法で大切にしている。

彼は正しく、死者を悼んでいた。

そして正しく、生者を慈しんでもいた。

彼をここまで怒らせておいて、これ以上「だめ」も「無理」も言えるわけがない。

「……ねえ、瀬ヶ崎くん。お願いがあるんだけど」

「あ？　こんなときになんだよ」

絢斗は震えそうになる頬に無理やり力を入れて、ニッと笑ってみせた。

こんなときだから、なけなしの勇気を振り絞る。

「僕の親子喧嘩、手伝ってくれない？」

怜が瞠目する。けれど、すぐに吐息を吐き出すように笑って。

「いいぜ。喧嘩なら得意だ。勝ったら息子さんを俺にくださいって、漫画みたいに言ってやるよ」

こんなときにふざける彼に、絢斗は怒るよりも感謝した。おかげで緊張が解れた。

母をまっすぐと見据えて、深呼吸をする。母に逆らうのは二度目だ。でも一度目は反抗というよりも逃げただけだったから、本当に逆らうのはこれが初めてかもしれない。

絢斗の瞳を見返した母が、瞼をわずかに伏せる。

「……わかりました、絢斗。あなたが心置きなくわたしの許に帰ってこられるよう、その縁（えにし）を断つまでです」

母の手元に霊力が集まる。あれは結構やばいなと額から汗を垂らしたとき、怜にぐいっと耳を引っ張られる。慌てる絢斗の耳元で、彼が囁く。

「――――」

次の瞬間、母が霊力を放ち、覆面パトカーを巻き込むほどの爆発が起こった。絢斗は咄嗟に蓮華の身体を庇うように抱きしめたが、ごろごろと地面を転がっていく。

砂埃が宙を舞って、怜の無事が確認できない。

じゃり、と近くで足音がした。

「さあ、絢斗。これでわかったでしょう？　大人しくわたしの許へ帰ってきなさい。優しいあなたなら、この哀れな母を見捨てたりはしないでしょう？」

それは母の決まり文句だった。父に裏切られ、捨てられたと思っている母の、常套句。

独りぼっちの母を、絢斗はどうしても突き放せなかった。

けれどもう、その気持ちとも決別する。

蓮華の無事を確かめると、ゆっくりと立ち上がった。

「……母さんは、何もわかってない。僕のこと、何も」

「いいえ。あなたのことを一番に理解できるのはわたしです。あなたは弱い。あなたを守れるのはわたしだけ。これまで誰があなたを守ってきたと思っているのです？」

ははっ、と思わず込み上げてきた笑いが口をついて出る。

「本当にそうかな。本当に、僕は弱いかな？　――だったらさ」

砂埃が風に攫われて、徐々に視界が開けていく。

「だったら、あんたはその弱い息子より、もっと弱いってことになるな？」

「なっ、おまえは……!?」

絢斗の姿が怜へと変わっていく。まるで幻が解けるように。

一瞬の隙も見逃さない怜が、素早く九字を切った。相手を絢斗だと完全に思い込んで油断していた母は、至近距離で魔切りされて膝を折る。

その母に向かって、怜が唾を吐いた。

「もう二度と、蓮華と絢斗に近づくなよ」

そうして短く呪文を唱える。彼が唾を吐いたのは、何も不愉快な相手への当てつけではない。日本書紀にも書かれている、契約を強固なものにするための術の一種だ。

イザナギは黄泉の国から戻る際、イザナミと離縁するために唾を吐いた。そのときに生まれた神がいる。怜はその力を利用して、二度と母が蓮華や絢斗に近寄らないよう〝呪(しゅ)〟をかけたのだ。

（はは……本当にやったよ、瀬ヶ崎くん）

怜に扮して見守っていた絢斗は、想像以上にうまくいった作戦を見届けて、そのあまりの呆気なさにはもはや笑うことしかできなかった。あんなに一人でびくびくと逃げていたのはなんだったのだろうと思う。怜が加わっただけで、状況というのはこうも簡単に好転するものなのだろうか。

それとも、怜だから、なのだろうか。

「なぜっ……なぜ人間ごときに、このような屈辱を……！」

「その人間に惚れて、あんたは絢斗を産んだんじゃないの？」

「……！」

「でも悪いけど、あんたの息子は俺がもらってくから」

うわ本当に言った、と絢斗は内心でツッコミながら怜の隣に並んだ。

「こいつを産んでくれたことには感謝してるよ。おかげで俺の体調は最強だしな」

「ごめんね、母さん。僕はもう、母さんとは生きられないんだ。母さんも本当はそれを解ってたんでしょ？」

絢斗にはずっと気になっていたことがある。母は絢斗に執着するわりに、この世界におまえの居場所はないと言うわりに、絢斗を本気で〝あちら側〟に連れて行こうとはしなかった。父の件があったとしても、なんとなくそれを不自然に感じていた。

「きっと僕、あちら側には行けないんだよね？」

もし行けたとして、それは死んでからの話だろう。半分は人間であるために、絢斗は妖の世界にも行けない。行ってしまえば、こちら側に戻ってくることはできなくなる。

ようするに、母は結局、絢斗を殺したくはなかったのだ。

それがわかっただけでも、最後に会えた意味はあった。

「もう諦めよう、母さん。僕のことも、父さんのことも。こっちでどれだけ待ってても、父さんは戻ってこないよ」

「っ、いいえ、あの人は必ず、わたしのところに――」

「だったらさ、こっちで待つより、あっちで待ったほうが確実なんじゃない？　父さんは人の子だから、いずれあちら側に逝く。あっちのほうが、母さんだって探しやすいでしょ？」

なにせあちら側は、黄泉の国は、人ならざるモノのための世界なのだから。

妖の上位種である母なら、こちら側よりも身近な世界だろう。

「だからいい加減、母さんの世界に、戻ろうよ」

息子に諭されて思うところがあったのか、あるいは父のくだりが効いたのか。

母は力なく項垂れると、大人しく怜に捕まった。そんな母の姿を見て、絢斗はなんとも言えない気持ちになる。

これは寂しさなのか、安堵なのか。

絢斗を慰めるように顔を近づけてきたトリィに、ありがとうと呟いて、その鼻を優しく撫で続けた。

*

ぬいぐるみ襲撃事件は無事に解決し、蓮華はしばらく、都内にある特異事案に関わった未成年者専門の児童自立支援施設に入ることになった。

今回の事件では、蓮華がまだ十四歳であること、初犯であること、そして本人が深く反省していることが認められて、更生の余地ありとして施設入りより重い罰は下されなかったという。

すでに母から与えられた力は消失し、今は幽霊の気配すら感じられないそうだ。

そして絢斗の母は、絢斗たちへの傷害及び未成年者への教唆の罪で、すでに警察の手を離れて今は収容されている。

残りの問題はというと――。

「あーやーとー。出番」

「わかってるって！　というかなんで僕がナンパしなきゃいけないの？　それも男に！」

「大丈夫だって。今のおまえはどこからどう見ても女だから」

「そういう問題じゃないよ！」

絢斗と怜は現在、明誠大学の二号館内にある階段教室にいる。

先ほどまではありがたくも眠たくなる近代経済学の講義を聴いていたのだが、もちろんそれが目的でここにいるわけではない。

本来の目的は、この講義に出席している、とある生徒を捕まえるためだ。

「もうやだ。こんなことしなくても普通に捕まえればいいじゃん。逮捕状だってあるんだよ？　むしろなんでこんな回りくどいことをしようとしてるの？」

「あ？　それだと面白くねぇだろうが。女好きが女に逆ナンされて喜んだところを絶望に突き落としてやるのがいいんだろ」

「だから面白さで作戦立てるのやめてくれる⁉」

「いいから行け！」

お尻を蹴られて、目当ての男の前に押し出される。仮にも今の絢斗は黒髪うさぎ系女子なのだが、怜にとって手加減する理由にはならないらしい。

そして急に進路を遮った女子学生――に扮した絢斗を、目当ての男はびっくりしながらもガン見してきた。全く嬉しくないことに、いい食いつきだ。その視線が胸元で止まったことはすぐにわかった。

（うわあ、気持ち悪っ。あからさますぎて鳥肌立ちそう！　見られるだけでこんななのに、襲われるって……）

被害者の卯花葵を思う。葵だけではない。この世界には、男女にかかわらず性被害に苦しんでいる人がたくさんいる。なのに加害者は何食わぬ顔で生きているなんて、そりゃあ恨みたくもなるだろう。憎みたくもなるだろう。絶望して、死にたくなることもあるかもしれない。

（でも、卯花さんは……）

葵は違う。違ったのだ。

当初、ワードソフトで書かれた遺書のとおり人生に悲観した自殺だと思われていた彼女の死は、今目の前にいるこの男によってもたらされたものだった。

明るい茶髪。明誠大学の学生。蓮華だけが、葵からストーカーの話を聞いていた。蓮華はだからこそ、聞いていた特徴を頼りに一人でストーカーを――殺人鬼を見つけようとしていた。もし犯人なら『卯花』の名前を見て何かしら反応するだろうと踏んで。

「あ、あのっ。杉本さん、ですよね？」

絢斗が葵の真実に辿り着けたのは、蓮華から教えてもらった『卯花葵』という名前と、『自殺で処理された』という情報をもとに警察のデータベースを洗い直したからだ。

確かに蓮華の言うように、葵は自殺と処理されており、理由は遺書があったこと、彼女の身体が異様に痩せていて生きる気力がなくなった末の自殺という筋書きに説得力があったこと、部屋が特に荒らされていなかったこと、大学も一週間ほど休んでいたことの、総合的な判断からだった。

確かにその状況なら、絢斗でも同じ判断を下してしまったかもしれない。

でも絢斗は、蓮華の言葉を信じて、葵の遺族に会いに行った。

そしてそこで、一つの希望を見つけたのである——。

「初めまして。私、文学部の山田といいます。実は杉本さんに、お話が、ありまして」

絢斗が照れくさそうに口にすると、桃色の空気に勘づいた彼の友人たちが揶揄うように彼の背中を叩いて去って行く。狙ったとおりの展開だ。

「一緒に来てもらっても、いいですか？」

「山田さんね。いいよ。でも構内だと変に注目されちゃうから、近くの公園でもいい？」

「はい、大丈夫です」

そのほうが絢斗としても好都合である。

杉本の言っていた公園は、大学の裏手にある小さなところだった。申し訳程度に遊具があり、あまり清潔とは言えない公衆トイレがあるだけの、本当に人気のない場所だ。

（いや、まあね？　確かにね？　彼の好みに合わせて変化したよ？　したけどさぁ！）

まさかさっそくピンチになるなんて、誰が予想しただろう。

ついでに言うと、誰がトイレの壁に追い詰められて喜ぶと思うのか。

「君、俺のタイプどんぴしゃなんだよね。どうせ告白だったんでしょ？　ホテルは高いし、ここでいいよね？」

危うく壁ドンされながらキスをされそうになって、絢斗は思いきり顔を逸らした。いくら変化しているとはいえ、唇を含む身体は自家製である。

（むりむりむりっ。これもう逮捕状突きつけていいやつ？　瀬ヶ崎くんが合図くれるって言ったけど、フライングしていいやつだよね⁉）

犯罪の加害者の中には、罪の意識に囚われる者もいれば、全く囚われない者もいる。

この男は完全に後者だ。いくら絢斗があまり怒らない性格とはいえ、この男に対しては今にも怒りが爆発しそうだ。

怜の合図を待つために適当に躱していたら、キスを諦めた杉本が太ももをするりと撫でてきた。

（――あ、だめだこの男）

冷静にキレそうになったとき。

「壁、ドーン！」

「「⁉」」

絢斗の頭上の壁に杉本の顔がめり込みそうな勢いでぶつかった。いや、ぶつけられた、と言うほうが正しいか。なおもぐりぐりと押さえつけられていて、普通に痛そうだ。

「って何してんの瀬ヶ崎くん⁉」

「何って、襲われそうになってるか弱い女を助ける図。やっぱ一発は殴らないと気が済まなくてさぁ。でもほら、さすがに外傷はバレるだろ？　万が一訴えられても、これなら言い逃れもできるよな」

「まさかそのために僕にこんな格好させたの!?」

馬鹿らしくなった絢斗は、すぐに変化を解いて元の姿に戻った。

「それより見ろよ、絢斗。これが本当の壁ドン。すごくね？」

「ちょ、ちゃんと生きてるよね？　大丈夫？」

絢斗が杉本から怜を引き離すと、すかさず怜から「さっすが偽善者（ヒーロー）」なんて揶揄が飛んできたが無視をする。彼は加減というものを知らなすぎだ。杉本の額は真っ赤だった。

しかし当然死ぬほどの怪我ではなく、杉本は痛みに呻きながらも反応を返す。

相手の意識があることを確認して、絢斗は逮捕状を彼の眼前に突きつけた。

「じゃあ仕切り直して。杉本隼人さん、警察です。あなたを殺人容疑で逮捕しま――って
ちょっと？　瀬ヶ崎くん!?　逮捕状返して!?」

手錠の準備までしていたのに、怜が絢斗の手から逮捕状を奪い、ピッと風に乗せて飛ばしてしまう。血の気が引いた絢斗が逮捕状を追いかけている間に、怜が杉本に一歩寄る。

やっと逮捕状を掴み取ることに成功して胸を撫で下ろしたとき、呪文を唱える怜の声が風に乗って聞こえてきた。

「瀬ヶ崎くん!?」

何をしようとしているのかと、度肝を抜かれる。

確かに今回の事件、彼の怒りは相当なものだろう。大切な家族を犯罪者にしてしまい、危険な目にも遭わせてしまった。

その元凶が杉本なのだ。彼を怜の前に差し出してしまったことを、絢斗は後悔した。

（これじゃあ今度は瀬ヶ崎くんが犯罪者になっちゃう！）

能力者は、幽霊や妖をどれだけ傷つけても罪には問われないが、人間に力を行使すれば普通に刑務所行きだ。

「そんなの、誰が、許すと思ってるの⁉」

叫びながら怜に体当たりをかましたら、踏ん張れなかった彼がそのままトイレの壁に激突した。一緒になって突っ込んだ絢斗も鈍痛に顔を歪める。

「ったぁ～。ってそうだ！　瀬ヶ崎くん！　君何しようとしたの⁉　冷静になれないなら今すぐ帰ってくれる⁉　君の性格はわかってたつもりだけど、この人はちゃんと法律で裁けるんだから、君が手を出しちゃだめでしょ！　なんのための逮捕状だと思ってるの⁉」

「……絢斗」

「あとね、君、蓮華ちゃんには『あとに残されるもんの～』とか偉そうなこと言っておいて、自分はそれを考えないの？　蓮華ちゃんがいなくなって不安になってる陽奈ちゃんや凜太郎くんたちを、君が支えないでどうするの？　ねえ、聞いてる⁉」

「ああ、聞いてるよ。で？　おまえ、言いたいことはそれだけか？　ん？」

「……あれ、なんか怒ってない？　なんで君が怒って――うわっ。それより待って。額から血が出てるよ。まさか杉本にやられたの⁉」

怜がにっこりと笑って、それから叫んだ。

「違ぇよ！　おまえがやったんだよ！」

僕⁉　と仰天する。全く身に覚えがない……と思って、体当たりしたのを思い出した。

額から血を流す怜は、控えめに言っても混乱している杉本より重傷だ。

「うそ、ごめんねっ。でもわざとではないっていうか」

「じゃあどういうつもりだったのか言ってみろよ、あ？」

「いや、どういうつもりも何も、とにかく止めなきゃって、そればっかりで……あ！　か、壁ドーン、みたいな？」

あは、と無理やり笑ってみせる。さっきの怜と同じ冗談で誤魔化されてくれないかなと期待してみたが、当然無理な話だった。怜の微笑みが深くなる。

「へぇえ。そういうこと言っちゃうんだ。なんだよ絢斗、おまえもしてほしかったなら早く言えよ。特別に心臓も止まるくらいやばいやつやってやる。来い。頭貸せ」

それは間違いなく本気で心臓が止まるやつだ。本来の胸キュンで心臓が……なんて甘いものでは決してない。

「嫌だよ、もとは瀬ヶ崎くんが悪いんでしょ⁉　そりゃ怪我させたのは謝るし治療費だって払うけど、わざとじゃないんだって！」

「わざとじゃなきゃ何やってもいいって⁉」

「なんでこういうときだけ正論かますんだよ、だめだよ！」

だめなのかよ、と怜に盛大に突っ込まれたところで、「あの～」と二人の間を割って入る声があった。

「なんかよくわかんないけど、山田さんいなくなってるし、あんたら誰って感じだし、俺、帰っていい？」

「だめに決まってるでしょ！」

「どクズかおまえ！」

絢斗と怜が同時に怒鳴る。

「ほら、これ見て。逮捕状。容疑は殺人。忘れたとは言わせないよ、卯花葵さんのこと」

杉本の目がそろりと横へ逃げた。

「てめぇはどうせバレないと高を括ってたんだろうがな、警察は……この馬鹿は、てめぇが思うほど馬鹿じゃなかったんだよ」

絢斗が葵の遺族から話を聞いたとき、なんと、まだ遺体が残っていることが判明した。

彼女が亡くなってから二週間弱のことだ。まだ火葬されていないことには驚いたものの、どうやら東京都の火葬場は長くて二週間待たされることがあるという。

でもそのおかげで希望が生まれた。絢斗は遺族に新法解剖をさせてほしいと願い出た。

遺体は専門の業者によって管理されていたので、まだきれいなものだった。自殺と思われたために検視しかされなかった遺体に、そこで初めて法医学者の目が入ったのだ。

そうして葵の爪から、葵のものではない皮膚が見つかった。

「君のＤＮＡと一致したよ」

「は？　な、なんで……一致っ？　でも俺、ＤＮＡなんて」

「今回の事件では出してない、でしょ？」

そう、杉本は、過去に別の事件で逮捕歴のある男だったのだ。

そのときに採取されたＤＮＡがデータベースに残っており、一致した。

「そんなっ。いつ、いつだ？　最後に足を掴まれたとき？　あのときに？　くそっ。あの女！　俺を振っただけじゃなく、くそぉ！」

「杉本隼人。卯花葵さんの殺人容疑で逮捕します」

手錠をかけて、はあ、と絢斗は安堵の息をこぼす。これで葵と蓮華の姉妹を救えるとは思えないが、二人の心に少しでも安寧が戻ってくれるのならこれほど嬉しいことはない。

やりきった気分に浸っていると、遠くからやけに多いサイレンが聞こえてくる。

「近くで事件かな」

絢斗が何気なしに呟くと、なぜか怜がご機嫌な様子で答えた。

「いや、たぶんここに来る。音が近づいてるし。――意外とバレるの早かったな」

「え？」

なんだろう。怜のひと言で冷や汗がどっと背中から噴き出した。脳が理解するよりも先に、身体が嫌な予感に震え始める。

「え、なに、どういうこと？」

「考えてもみろ、絢斗。杉本はただの人間だろ」

もうそれだけで彼の言わんとすることに気づいてしまった絢斗は、両手で顔を覆って空を仰いだ。

「俺たちは特案。生きてる犯人は基本的に専門外。そこで問題だ。この逮捕状は、誰が持ってきた？」

「……瀬ヶ崎くん。係長から預かったって」

「それを素直に信じるとかウケんね。呪うのはどうせ絢斗が止めるだろ？　だったらさ、せめて俺たちの手で捕まえたいじゃん？　てなわけで、篠塚から奪ってきた」

「篠塚って、篠塚警部っ？」

「そ。婚活十連敗中の」

「最悪だ！　そりゃ篠塚警部もサイレン鳴らすよ!!」

いつかの野太い怒鳴り声が蘇る。怜が毎回こんな勝手なことをしていたのなら、篠塚があれほど彼を毛嫌いする理由も納得できるというものだ。

気持ちのいい青空の下、絢斗は泣きたい気持ちを抑えながらやって来た篠塚にひたすら頭を下げ続けたのだった。

エピローグ

「警視庁から各局、渋谷署管内で喧嘩事案入電中。現場(げんじょう)は――」

東京という街ほど、ハロウィンに踊らされるところもないだろうと路肩に停めた覆面パトカーの運転席で無線を聞きながら絢斗は思う。

その代表が渋谷だ。近年は規制が進んでいるが、街がかぼちゃのオバケに占拠されている光景は変わらない。制服警官が必死に巡回をしている姿も変わらない。

「ハロウィンってさ、欧米では別の世界との境界が曖昧になる時期なんだって。門が開いて、両方の世界の行き来ができるようになるらしいよ。日本で言うなら『こちら側』と『あちら側』が繋がる感じかな？」

助手席では怜が無言でスマホをいじっている。

「僕があちら側に行けるんだったら、君のお兄さんを見つけてあげられたのにね」

思ったことをそのまま口からこぼすと、怜のスマホをいじる手が止まった。

彼と出会ったばかりの頃は、彼のために自分がこんなふうに考える未来なんて想像もしていなかった。

けれど、口や態度がどれだけ悪くても、根は優しい青年だと知ってしまった今は――。

「母さんにはあんなこと言ったけどさ、僕、本当に行けないのかなぁ。実は意外と『あちら側』にも行けそうじゃない？　ね？」

ものは試しという言葉があるのだから、試してみるのも悪くはないかもしれない。半分は妖の絢斗だったら、ただの人間よりは可能性もありそうだ。

「それでもし大丈夫だったらさ、君のお兄さん、僕が絶対に見つけて――んぶっ⁉」

「絢斗、おまえそれマジで言ってんの？　余計なことすんな」

「そう言う瀬ヶ崎くんは、顔、掴まないでっ」

「あ？　てめぇその調子なら式妖契約にオプション付けんぞ。盗聴的なやつとGPS的なやつ、どっちがいい」

「どっちも嫌だけど⁉」

怜の手をなんとか頬から外す。

――と、そのとき。

「警視庁から各局。渋谷署管内」

また別の無線が入り、二人はそちらに意識を移す。

「神宮通公園より緊急入電中。現場付近のPMは現急せよ。通報者は若い女性。ジャック・オー・ランタンに追いかけられているとのこと」

怜がニヤリと笑った。ハロウィンの夜にかぼちゃのオバケ。まさに特案向きの事案。ここ最近はこの手の通報が増えて現場の警察官は混乱している。

そこで駆り出されたのが、絢斗たち特案の刑事と、その協力者たちだ。

「やっとお出ましか。俺が先に捕まえたら、おまえにGPS的なやつを付ける」

怜がパトランプを車のルーフに設置する。

絢斗はサイドブレーキを下ろし、アクセルを踏んだ。

「絶対やだ。それプライバシーの侵害だからね」

「嫌なら勝てばいい」

「僕が君に勝てると思う⁉」

「はっ、思わねぇな」

わかってるならやめてよ！　という叫びは、怜に一笑されて無視された。

現着すると、車が完全に止まりきる前に怜が扉を開けて飛び出していってしまう。

「なっ、嘘でしょ⁉」

「ぐずぐずしてんなよ、絢斗。先に行ってるぞ！」

「ちょっ、待って、勝手に行かないでってばあ！」

怜のことを少しは理解できたつもりでいたけれど、きっとこの先もこうして振り回され続けることは変わらないのだろう。

前よりそれを嫌に思わないどころか「仕方ないなぁ」と許してしまう自分を自覚しながら、絢斗は怜の背中を追っていく。

そうしてまた、二人は事件解決のために奔走するのだった。

本書は、投稿サイト「Ｐｉｘｉｖ」に掲載された作品を改稿し書き下ろしを加えたものです。

あとがき

蓮水涼

ＴＯブックス様では初めまして、蓮水涼と申します。本作をお手に取ってくださった紙面越しの読者様、ありがとうございます！

本作は、「ＴＯブックス×ｐ・ｉ・ｘ・ｉ・ｖ『異世界・中華・和』ベスト相棒小説大賞！」にて佳作に選出していただいた作品を改題・大幅改稿したものです。選考に携わってくださった全ての皆様に、この場をお借りして感謝申し上げます。

さて、ではここからは、作者が執筆の裏話を書くのが大好き人間のため、つらつら書いていこうと思います！（そのため、以降は本編読了後推奨です）

とにかく本作は、作者の「好き」を詰め込んだ作品です。反発し合う二人が相棒になってだんだん絆を深めるバディもの。そして治安悪い男のギャップ。治安悪い男というのは、言うまでもなく怜です。彼のアイデンティティであるカラーサングラスは作者のこだわりで桃色なのですが、カズキヨネ先生が想像以上のとっても悪い男（褒めてます）を描いてくださったのでしばらく興奮しっぱなしでした。そんな怜には、自然とツッコミ属性の絢斗が相棒に決まりましたね。

と、そんな二人。性格は一見すれば絢斗のほうが光属性で、怜のほうが闇属性に分類されそうですが、本作を読んでくださった皆様にはきっとおわかりのとおり、実は絢斗のほうが闇属性、怜のほうが光属性でお送りしております。はたしてツンデレの怜が絢斗にデレる日は来るのだろうかと、作者は少々不安です。ちなみに、本作における怜の『ツン』ハイライト（作者の自己判断）は、第二章で怜が自分の隣に並んだ絢斗に後ろにいろと言ったところです。犯人を捜索しているときの発言、というのがミソですが、共感いただけた方、握手してください！

では、ここからは関係者の皆様への謝辞を失礼いたします。

担当O様、本作の改稿方針を決めるにあたって本当にお世話になりました。とても聞き上手と言いますか、O様のおかげで怜や絢斗の解像度がぐんと上がり、改稿が楽しかったです。色々とご迷惑もおかけしてしまいましたが、無事に刊行の運びとなったのはO様の多大なお力添えゆえのため、本当にありがとうございました！　そして表紙をご担当くださったカズキヨネ先生、お忙しい中お引き受けくださり誠にありがとうございます。以前から存じ上げていた——というよりいつか描いてもらいたいと考えていた先生のうちのお一人でしたので、キャラ ラフを頂いたときからもう感動やら感激やら色んな感情が爆発して感無量で無言でイラストに向かって拝む事態に……それほど素敵でした。また校正、印刷、営業等本作の出版に携わってくださった皆々様にも、心より御礼申し上げます。

またいつか、皆様とお会いできますように——。

「最後の医者」シリーズ②

二宮敦人
最後の医者は雨上がりの空に君を願う
〈上〉
なぜ、人は絶望を前にしても
諦めないのか？
TO文庫
イラスト：syo5

TO文庫

チーム解消を希望します！
〜特異事案捜査係の怪異事件簿〜

2025年5月1日　第1刷発行

著　者　蓮水涼
発行者　本田武市
発行所　TOブックス
〒150-6238 東京都渋谷区桜丘町1番1号
渋谷サクラステージSHIBUYAタワー38階
電話 0120-933-772（営業フリーダイヤル）
FAX 050-3156-0508

フォーマットデザイン　金澤浩二
本文データ製作　TOブックスデザイン室
印刷・製本　中央精版印刷株式会社

Printed in Japan ISBN978-4-86794-556-8